Sven Hensel

# Aufhause

Erste Auflage 2017



Lektora GmbH
Karlstraße 56
33098 Paderborn
Tel.: 05251 6886809
Fax: 05251 6886815
www.lektora.de

Druck: MCP, Marki
Covermotiv: Olivier Kleine, olivierkleine.de
Covermontage: Olivier Kleine, olivierkleine.de
Lektorat: Lektora GmbH
Layout Inhalt: Lektora GmbH
Printed in Poland

ISBN: 978-3-95461-093-8

# Inhalt

# I. // RE:

Der junge, moderne Mensch zweifelt und klammert sich aus.

Klasse erster Satz und auch überhaupt kein Pathos! Aber es wird noch besser – der Umstand rührt allerdings nicht daher, dass er nicht integriert wäre oder ihm keine Integrität innewohne, es liegt an einer anwachsenden Aversion gegenüber dem Profanen.

So ist er eben, der Mittzwanziger, im Zweifel eine Vokabel mehr benutzen als eine weniger zu kennen. Er kennt seine regionalen Biermarken besser als seine Kommunalpolitik, seine Daumen sind apportierbarer als Hundespielzeuge, seine Vergleiche sind flach und meta-ironisch. Er weiß, wo in seinem Viertel der nächste Dönermann ist (außerdem wie lange er offen hat, wie viel ein kleiner Döner kostet, welcher Fernsehsender dort immer läuft), hat ansonsten aber wenig Bezug zu seinem Viertel, hat ein Viertel gebildeter Meinung zu vielen Dingen und ein weiteres Viertel vorgefertigter Meinung übernommen. Die verbliebene Hälfte interessiert ihn nicht, oder ist zu weit weg oder zu nah oder viel zu profan. Wenn irgendwo eine Mehrheit entsteht, so sympathisiert er immer zuerst mit dem Gedanken, Opposition zu sein, lediglich um sich der Minderheit anzuschließen. Anti-Alles wäre zu kurz gedacht für diesen Gedanken.

Der junge, moderne Mensch hat meist wenige Minderheitserfahrungen, da er im Durchschnitt von Geburt an auch keiner zugehörig ist. Er schafft sich selbst einen Randgruppenethos, nicht aus aktivem Willen oder Desinteresse an Reflexion über seine Privilegien, es liegt dem viel eher ein Aufbruchswille und eine innere Unruhe zugrunde. Wenn alle sich einig sind, dann ist es zuallererst langweilig und letztlich forciert.

Der junge, moderne Mensch lebt in einer pluralistischen Gesellschaft, in der das Wort »Gesellschaft« schon negativ konnotiert, wehleidig und prätentiös wirkt, sollte es von einem anderen jungen, modernen Menschen ausgesprochen werden. Wobei die Gesellschaft von anderen Menschen nicht zwanghaft etwas Negatives sein muss; viel zu viele große und fremde Worte sind da, die miteinander umworren einen Sinn ergeben. Es gibt sie, damit sie benutzt werden. Vielleicht wirken sie auf Außenhörende elitär, aber wie bereits erwähnt, die Aversion gegenüber dem Profanen wiegt schwerer als die Eventualität, fehlinterpretiert zu werden.

*Der Ton macht die Musik*, sagen meist ältere, meist unmodernere Menschen und der junge, moderne Mensch weiß auch, dass er viel zu viel wertet über neutrale Dinge und viel zu viel nachdenkt an den falschen Stellen, viel zu reaktionär in ruhigen Momenten ist (jung und modern klingt an dieser Stelle wie eine Spezifikation in Biologiebüchern, iuventus novus – das soll es auch und wiederum nicht), denn vor allem haust in ihm Ambivalenz.

Zum einen fühlt er Unterdrückung, als wäre es seine Schuld, nicht die Ruhe und die Weisheit des Alters erreicht zu haben, Dinge mit einem altbackenem Sprichwort abtun zu können, zum anderen fühlt er Einsicht, gemischt mit Scham und einer unglaublichen Hemmung davor, dem altbackenen eventuell Recht einzugestehen.

Der junge, moderne Mensch sucht sich nach Hause.

# II. // Bestandsaufnahme

Wenn gesagt wird
man befände sich auf dem Heimweg
dann ist das immer eine wahre Aussage
oder zumindest keine Lüge

Es rauscht
als wäre die Zuggeschwindigkeit
eine von vielen möglichen Übersetzungen
einer Tonfrequenz in physische Form

Das Abteil ist ausgeblendet
zensiert von Ohrwärmepolstern
Abenddämmerungsrauschen scheint von draußen
Alles wird geworden
nichts steht im Aktiv
alles lässt sich geschehen

Der Ort: irgendwo, in Hintergrundprologsexposition
(auf einer Ex-Position, auf einer Ehemaligen)
im Zug, im Vollzug, im vollen Zug

Schals säubern Displays
Finger wischen dreckig
Ortsnamendurchsage
fingerabdruckfleckig

Mechanische Stimmen
durchgängiges Umgebungsrauschen im Gang
steigen ein steigen aus steigen
Kahle Stämme rauschen entlaubt
entgeästet vorbei

8-Bit-Musik aus Nachbarskopfhörern
– *professionelle Beifahrerstörer*
Nasen niesen.
*»Kann ich da sitzen?«* und *»Kann ich da stehen?«*

Eindrücke imprägniert auf Linoleumboden
matschige Schuhsolenformen
hängende Köpfe über Endgeräten
Reihen von Haarhalbkreisen
vereinzelte Defaultklingeltöne

Flackernde, angehende Oberlichter
wenig freie Plätze
unfreiwillige Konversationsüberhörer
Nasen niesen erneut, Gesundheitswunsch
ein neugieriges Kind, ein anderes schreit
– muttersprachlicher Beruhigungssingsang
und Faszination darüber,
dass Menschen mal so kleine Köpfe hatten.

Nachbarstadtlandschaftsklang, Ortsnamendurchsage,
stille Ortsbekundungen, Stillerortsbekundungen.
*»Du kannst auf meinem Studententicket mitfahren,*
*bis Düsseldorf.«*

Die Toilette wird frei und Gespräche entstehen
zwischen neuen Bekannten, einer neuen +1
Wolken flauschen grauer, späte Ausstiegsansage
*Bremsgeräusch*
Nieseltropfen, Niestropfen, Gesundheit

Pinkes Hotspotblinken, Aufsteh- und Hinsetzgeräusche
Streifen von Kleidung an Kleidung,
Reiben von Meinung an Meinung,
Entlangbalancieren an Urlauberkoffern
volles Abteil, Stehpublikum
Schulterblicke wie in der Fahrschule
Menschen ohne Führerscheine
Hände an Sitzgriffen

Bewegungseinsatzschubser
Wolkenmaschine an, Lokomotive los,
Nostalgiegelüge bahnt durch die Stadt
Schienen scheinen bedeutungsvoll
Neue Menschen in Sitzreichweite, Klingeltöne,
Fremdsprachenkorrespondenzgeschwindigkeitsgeschwafel

Lautes Durch-die-Nase-Ausatmen
LOL, Emojianwort, Zeitanzeige
lange Fahrt, kurze Fahrt

Vergleich
Kontextualisiert,
pünktlich, punkthaft, prunkhaft, punktuell,
pünk, punk statt pünktlich, rot-weiß

Linksbiegung, Rechtsbiegung

Schiefer, Steine,
aber immer geradeaus
Geschlossene Augen
ob des Lärms, ob des Lichts?
Sonne ist im Begriff, unterzugehen,
Sinne sind im Begriff, unterzutauchen,
Sanne ist kein Begriff

Stellwerksbrandpassage passieren
Richtig geratener nächster Haltestellenname
inneres Kichern, Flusspassage:
»*Guck mal, hier sind keine Bomben gefallen.*«
Stuck und schöne Häuser
*dümm-dümm*
inneres Mitsummen der Ansagemusik
Bremsvorgang.

Menschen ein Menschen aus Menschen
Wenig Bewegung im Gang im Gange
akzentuiertes Dongeschön
Regen- und Schneeschirme tropfen und perlen

Und Druck auf den Ohren
und Dreck auf den Böden
Anfahrtsgeschwindigkeit
Abfahrtsrauschen
letzte Wolken färben sich
hinter Häusern grau-pink
und azur wird zu gold,
wird zu dunkelblau,
wird sternpigmentiert.

Die Abteile sind dreimal so breit wie tagsüber
sie platzen vor Reflexion
aus ihren Fugen und Fensterlinien
Bierflaschenodeur und Pizzakartonfett
durchriecht die Flure
Fremdsprachenrauschen, ernst oder gelallt
Junggesellinnenabschiedsfahrtrauschen

Ein wenig grundüberfordert mit allem.

Gleisarbeitsgeräusche, Metall auf Metall
WC besetzt – von Rot zu Schwarz.
Landtag besetzt – von Rot zu Schwarz.
Leuchtender Optimismus von
mechanischen Ansageklängen:
*Wer hat diesen Satz eingesprochen?*
*Von Rot zu Schwarz*
*lebt diese Person noch?*
*Hat sie jemals gelebt?*

Tisch-Sitzwohl und Beinfreiheit,
Müllleimerdurchsuchungskommandos
Aufs-WC-Flüchtende
vor Ticketkontrolleuren
schon wieder
Straftatbestand.
Zug Stopp ein aus Zug rollt weiter.

Blockierung der Türen und Durchsagen,
Neuzugestiegene begrüßen wegen größerer Stadt
wo man herkommt ist willkommensgradentscheidend.

Gut riechende Leute und Pheromone steigen ein
und lächeln ob der Flut
Willkommen in der Zweiklassengesellschaft,
sind Sie Comfort-Kunde?

Leere Seite, neue Gesichter
alte Bahnhöfe, Sitzplatzwechsel
WhatsAppnummern werden in
Registrierreichweite ausgetauscht

Leises Lauschrauschen,
Vergleiche von Graffiti in und um den Zug
*»Wer bezahlt mehr Geld, um in der S-Bahn*
*in der ersten Klasse zu sitzen?«*, wird sich gewundert

Duft, betörendes Parfum
parallel alleinsitzende Parteien
in gleicher Position
gucken auf die Raumdimensionsspiegelung
Lichter in der Ferne am Himmel in Statik
Zuglampen, es ist wenig zu erkennen
Kofferplatzierung rollt hin rollt her
Wer liest Voltaire?

Vollèr
als gedacht
verschiedene Hüte und Köpfe
mit Augen und müden Gesichtern
suchen nach Erfüllung,
weil es morgen zu spät sein könnte.

Der Vierersitz im Zug mit müden Träumern
ist die archetypische Quintessenz von *Carpe Diem*
auf den Gleisen und reisen und mitreißen lassen
zu Abenteuern und teuren Abenden.
Anzüge, Auszüge, Abzüge.

Ohrenstöpsel gegen die Beschallung
und den Fahrtwind
Lachen wird Lächeln
wird LOL
neben mir

Endspurt.

Zufriedenheit über Sitzmöglichkeit
und Brücken für die Menschen

Das erste Mal erste Person Singular
das erste Mal begreifen,
dass man sich nicht nur ausklammern kann
wenn man etwas erzählen will
wenn auch sich selbst
wenn auch nicht in Bezug zu wem anders
deshalb folgt nun:

Ich. Ich sitze.

Eigentlich steht, in diesem Fall sitzt, man immer
in Bezug zu anderen Menschen,
ich, wenn man nicht gerade
in einer solipzistischen Blase sitzt
und das eigene Dasein dahinvegetieren lässt
Ich will sagen, wenn man nicht
gerade der Überzeugung ist,
dass man die einzige bewusste Entität im Universum ist
entsprechend
andere Personen unwichtig sind

Zum Glück oder leider bin ich für diese
radikale Weltsicht zu unegozentrisch

Wenn gesagt wird
man befände sich auf dem Heimweg
dann ist das immer eine wahre Aussage
Zumindest lüge ich nicht

Sven: »Ganz im Sinne der Hauptaussage dieses Textes ist das die dritte Version von 'Aufhause'. Bei der ersten Version (damals noch 'Zuhause') ging es zu viel um Negatives – Heimatsuche in Religion, Bildung und Beruf. Ich habe eine zweite Version geschrieben, weil ich Niemandem die eigene Definition absprechen wollte, und in der ging es um Gegenüberstellungen von Stagnation bzw. Planlosigkeit und Overachievement.
Die habe ich allerdings auch nochmal umgeschrieben, weil das für einen Bühnentext zu kompliziert gewesen ist.
Deshalb dieser Titeltrack, der Heimat und Reisen für mich ins eins zusammenpackt. Vielleicht die letzte Version – aber wer weiß das schon ...«

# Aufhause

Seitdem ich immer öfter meine Heimat verlasse
und immer öfter aus meiner Wohnung rausgehe,
mich von meiner Adresse entferne
und immer mehr und andere Städte sehe,
frage ich mich immer öfter,
wo ich eigentlich Zuhause bin.

Als ich kleiner war, wollte ich immer ein Baumhaus,
und als ich jünger war, da konnte ich's nicht bauen.
Vor einigen Jahren war's grad eben ein Hauchlaut,
da hauchte ich Lauchhaut nach Selbstvertrauen:

Ich brauchte Wurzeln für Halt
und Geäst für Verzweigung.
Ich brauchte Zellteilung zum Wachstum
meiner eigenen Meinung.

Ich brauchte Sonne zum Groß-
und viel Wasser zum Starkwerden,
ich brauchte Grund und gute Gründe,
um mich eben zu erden.

Und meine Eltern so: »Ey Junge,
wir ham' nicht mal 'n Garten.«
Und um 'nen Setzling zu setzen,
brauchte ich auch noch 'n Spaten.

Brauchte ich die ganze Welt,
hatte Hunger nach
Photosynthese, Photosynthese, Photosynthese
– die große Auslese blieb dieses Jahr aus
und mein Baumhaus war raumlos,
es wurde nicht gebaut

und heute stehe ich auf Bühnen.
Und frage mich, mit welchem Holz
ich Wörter stabil fundiere
und mit welcher Perspektive
ich als Wörterarchitekt
mal aus Holz eine Heimat
für mich formuliere.

Und heute bin ich älter (wenn auch nur ein bisschen)
und bestimmt einen halben Meter gewachsen.

Ich bin nicht verwelkter,
erst recht nicht anmaßend,
doch bin ich weg von den Eltern,
wohne nicht in der Heimat,
bin da draußen auflaufen,
frage mich, was da sein mag.

Und ich suche nach 'nem Baum.
Ja, davon gibt es zwar viele,
doch muss ich auch danach schau'n,
welcher mir ganz gut gefiele.

Ich will Äste, keine Stiele,
ich will keine labile-fragile,
nur stabile Heimat mit meinen Worten erschaffen.
Eine ungeraffte Wahrheit, die

unaustauschbar, unverlautbar,
jeden Tag aufs Neue
eine unumstoßbar
universal-lebensnah-treue Abbildung dessen ist,
was mit Beständigkeit für immer bleibt
und für immer bleibt und für immer bleibt.

Also plan' ich mir als Baumhaus einen Anker.
Ich zeichne meine eigenen Blaupausen,
Material werden Traumstaub und Bauzaun,
ich misch 'n blaugrauen Zement
aus Dableiben und Abhauen.
Ich pack' das in 'nen Laubbaum
und das ganze Ding, das nenn' ich dann Aufhause
– nicht Zuhause, denn die Tür steht immer offen.

Aufhause ist ein hohler Baumstamm,
den es zu definieren gilt.
Ein Konzept, so wie ein Anker,
der einen auf dem Boden hält.

Ein Wechselspiel von Hier und Da,
denn ob man fern ist oder nah,
Aufhause ist auswechselbar.

*»Bitte was, Aufhause ist auswechselbar?*
*Das finde ich voll nicht wunderbar.«*

Warum?

*»Naja, warum soll das so sein?*
*Du postulierst hier dein Aufhause*
*und ich find das voll gemein.*
*Das kommt so aus dem nichts*
*und das ist voll nicht hergeleitet,*
*was mir bei meiner Definition Probleme bereitet.«*

Aber darum geht's hier doch, um deine Definition!
Denn nur im Individuum erlangst du Perfektion.
Jeder hat das seine, bei mir ist es im Baum ein Anker,
manch einer wohnt in einer Ananas ganz tief im Meer,
und ein anderer wohnet an Land, ja,
es gibt sogar Personen, die in Osterinselstatuen wohnen.

Aufhause ist nicht bei den Eltern,
nur weil sie einen gemacht haben.
Dort wird man schon per Definition
von jedem Weltschmerzschaden befreit,
wenn man es denn so will.

Aufhause ist da total gechillt,
ob du es so oder so siehst,
weil jeder Aufhause anders liest, denn:
Diametral in sich selbst und Gegensatz
sind Veränderung und Heimatplatz.
Doch der Konsens, die Summe von allem, was ist,
wenn du dein schönes, warmes Bett vermisst,

von allem, was zu deinen Ritualen zählt,
auch wenn man sich morgens aus seinem Bett quält,
zu allem, was draußen und drinnen vereint,
in der Ferne, der Nähe, dem Jetzt und dem Gleich,
dem Reisen, dem Heimsein, als Zwei- oder Eins-Sein.

Aufhause ist bei mir mein Anker,
in einem Laubbaum, aus Traumstaub und Bauzaun,
mit Zement gebaut, aus Dableiben und Abhauen,
mit meinen eigenen Blaupausen.
Und da kann ich rein- und auch wieder rausschauen,
denn Aufhause kann ich draufbauen
und immer drauf vertrauen.

Und heute stehe ich auf Bühnen,
frag mich, mit welchem Holz
ich Wörter stabil fundiere
und mit welcher Perspektive
ich als Wörterarchitekt
mal aus Holz eine Heimat
für mich formuliere.

Keine labile-fragile, nur stabile
mit meinen Wörtern erschaffe
eine ungeraffte Wahrheit,
die unaustauschbar, unverlautbar,
jeden Tag aufs Neue eine unumstoßbar
universal-lebensnahe-treue Abbildung dessen ist,
was mit Beständigkeit für immer bleibt.

Und heute stehe ich hier und
ich habe mir immer noch kein Baumhaus gebaut,
aber ich war vor kurzem in Hamburg,
da hab ich mir einen Schlüsselanhänger
in Ankerform gekauft und
ihn in meiner Arschtasche verstaut.
Der Händler meinte,
er sei aus Skateboardholz geschnitzt
und dementsprechend sehr, sehr stabil.

Mittlerweile ist der linke Flügel abgerissen
(oder der rechte, je nachdem wie man ihn hält).
Ich hab ihn aber immer noch,
weil er mir so viel besser gefiel.

Und ich hab ihn Aufhause genannt
– nicht Zuhause.
Denn es wäre schade,
wenn aus einer endgültigen Definition
nichts mehr erwüchse
als Stillstand.

# aufsammen

reich mir deinen arm
arm mir deine beine
beine mir meinen mUND und nicht mODER
m-und lass uns zusammen aufsammen
– nicht sein / oder dein / oder mein / oder meinen
sondern unser

# aldi andern kinder

zwischen Pappkartonagen und Radiogesäusel
dem nackten Licht der Deckenlampe
ungewaschenem Geschirr, das zusammengewürfelt
aus vielen Haushalten in der Küche einweicht
den Fruchtfliegen, die gemeinsam mit
Schimmelpilzdeckchen in Saftschorlen
whirlpoolblubbernd entspannen
hat man sich sicher schon einmal
heimischer (und sauberer) gefühlt

Man beneidet den Penner am S-Bahnhof
der muss nicht mit jeder Dusche kalkulieren
der muss nicht bei tip und ja kaufen
der muss nicht Miete zahlen

Erwachsenwerden hört sich so toll an
und man kennt
die ewigen Chorale der bereits Großen
Aber Chorale
sagen Dory und Marlin

gibt es doch in zweiundvierzig Wallaby Way, Sydney
nein, das, Kind, das sind Korallen

die ewigen Chorale der bereits Großen
genieße die Zeit, solange du noch kannst
– zu viel zugemutet sei das
sagt ein verstauchter Kinderarm
das zu begreifen

Verschieden schnell wachsen wir heran
so verschieden wie auch andere Dinge
ich beende diesen Satz lieber
bevor er in etwas Zweideutiges umkippt

dabei isst es sich doch genauso gut
Spaghetti Bolognese von einem Pappkarton
wie von einem Kleinfamilientisch
wenn sie noch nicht verschimmelt sind

# Wenn das Leben dir Zitronen gibt, mach Marmelade draus!

Wir waren cool, hip und jugendlich, du und ich.

Wir haben auf Facebook immer gegenseitig unsere Kommentare geliked, und ich hab dich in den Kommentaren immer verlinkt, wenn ich ein Meme gesehen habe, das dir gefallen könnte.

Wir waren 15 und wussten alles, konnten alles, waren perfekt, wunderschön, haben darüber gestritten, wie man Meme jetzt eigentlich ausspricht und ob es der, die oder das Meme heißt, haben mit Filzstift an Klowände *ACAB* geschrieben, obwohl wir nicht mal wussten, was *ACAB* ist (vielleicht ein Aachener Kennzeichen), und haben uns deshalb irgendwie sowas wie Freundschaft gegeben.

Ich habe immer gesagt: »Wenn das Leben dir Zitronen gibt, dann machst du Konfitüre draus.« Und du hast dann gelacht, weil ich mich beim Marmelade-Sagen immer verhaspele und deshalb manchmal erst gar nicht versuche, es auszusprechen, aber auch weil du dachtest, ich hätte dieses Sprichwort falsch gelernt.

Dabei war ich einfach nur voll anti und sauer, und Limonade, das könnte ja jeder.

Immer wenn wir durch die Innenstadt unserer Heimatcity gelaufen sind, stets im Gegenverkehr der Einkaufsstraße, hast du gesagt: »Guck mal, die Behinderten, die da sitzen und Geld dafür haben wollen, dass sie behindert sind. Ich setz mich doch auch nicht in die Einkaufsstraße mit so 'nem Schild, auf dem steht *GIB MIR GELD ICH BIN AUCH BEHINDERT, ICH HABE KLEINE BRÜSTE*, wenn die wenigstens Mundharmonika spielen würden oder einen Affen dabei hätten.« Ich hab dann immer über dich gelacht, weil sich über Menschen mit Behinderung lustig zu machen ja sehr schlecht, verpönt und falsch ist, aber genau diese Dinge cool, hip und jugendlich sind, also haben wir sie gemacht. Wir waren dumme, asoziale Kinder, die dazugehören wollten, und besonders zueinander.

Irgendwann war Muttertag und du trugst ein T-Shirt mit der Aufschrift *Motherfucker* in kursiv und meine Jacke war von *adibas*. Wie das coole, hippe und jugendliche Freunde machen, habe ich uns als *ziemlich yolo* tituliert, und wie coole, hippe und jugendliche Freunde das auch machen, gehen sie erst auf den letzten Drücker Geschenke einkaufen, egal zu welchen Anlässen, weil wir halt echt keine Könner in puncto Zeitmanagement waren. Wir waren präsent im Präsens, wie ein Geschenk.

*Vegantisch große Auswahl* ist nicht nur ein scheiß Werbespruch, es ist auch sehr falsch dekliniert. Sehr viele Alternativen für eine demokratische Auswahl hatten wir nicht, deshalb gingen wir dort rein, weil Muttertag dieses Jahr auch noch ein Sonntag war. Nebst sehr vielen, sehr fair getradeten Produkten gab es eine Waldorf-Ecke für

Aggressionsbewältigungs-Stoffe-Färben oder auch: Aggro-Batik. Auf Spekulatius spekulierten wir nicht, warum sollte eine Mutter Spekulatius zum Muttertag haben wollen, die einzigen Reaktionen, die das hervorruft, sind Weihnachten und Speck, und keiner von uns möchte die Mutter daran erinnern, dass sie alt und speckig wird und bald Weihnachten ist und wir wieder Geschenke einkaufen müssen, weil hippe, coole Jugendliche nichts Gebasteltes mehr abgeben durften, und wir wollten echt nicht die »Ach, so früh gibt es dieses Jahr schon wieder Spekulatius«-Debatte anstimmen, also musste Konformität gewahrt werden.

Hippe, coole und jugendliche Freunde mischen gemeinsam solche Läden auf, also taten wir das auch, weil wir das irgendwann mal in einer *Bravo*-Bildergeschichte gelesen hatten.

Du hast jedes Gemüse in der Gemüse-Abteilung einmal aufgehoben, angeschaut, gedrückt, um nach der Konsistenz zu gucken, und es wieder hingelegt. Zwischendurch hast du dich immer wieder im Schritt gekratzt.

Ich habe in der Gebäckabteilung jedes Gebäck ohne Zange einmal aufgehoben, angeschaut, gedrückt, um anhand des Klangs der Kruste zu erkennen, ob das Gebäck noch frisch ist, und es wieder hingelegt. Zwischendurch habe ich dich immer wieder im Schritt gekratzt.

Du hast in der Süßwarenabteilung jedes Kind einmal aufgehoben, angeschaut, gedrückt, um nach der Konsistenz der Kruste zu gucken, und hast es wieder hingelegt. Das will jetzt hoffentlich keiner mehr kaufen, bitte auch nicht im Schritt kratzen.

Weil wir erwischt wurden, mussten wir dann aber mindestens 1 Gemüse und 1 Brot kaufen, und da es

Dinkel-Bio-Öko-Alles war, war das auch teuer genug, um als Geschenk durchzugehen, außerdem mögen Mütter doch Essen sehr gerne, unsere taten nichts anderes. Meine Mutter bekam Seitenbacherbrötchen, Brötchen, von Seitebacher, und deine Mutter bekam Seitenbacherkohlrouladen, Kohlrouladen, von Seitenbacher. Unsere Mütter haben uns daraufhin (zu Recht) rausgeworfen.

Ich habe immer gesagt: »Wenn das Leben dir Zitronen gibt, machste halt Marmelade draus.« Und du hast dann gelacht, weil ich mich beim Marmelade-Sagen dieses Mal wirklich verhaspelte, aber ich nahm es dir nicht übel, dafür hat man ja Familie und Freunde und Leute, bei denen die Grenze dazwischen ein bisschen verwischt – sie lachen, damit die eigenen Fehler ein bisschen weniger schlimm sind. Aber du dachtest, dass ich das nicht richtig gelernt hatte, und ich war sauer, weil Teenager immer sauer sind, und überhaupt, warum sollte das Leben einem irgendwas schenken? Es ist ja nicht so, als wäre das Leben eine Person, die mit einem Obstkorb rumrennt und schreit: »DU KRIEGST ZITRONEN, DU KRIEGST ZITRONEN UND DU KRIEGST ZITRONEN, GUCKT UNTER EUREN STÜHLEN, ZITRONEN FÜR EUCH ALLE! AHAHAHA.«

»Mir schmeckt die Gesellschaft«, sagte dein Onkel dann, wenn er uns ein Weizen aufgetischt hatte, als uns unsere Mütter rausgeschmissen. »Man muss sowas zusammen genießen«.

Er war einer der coolen Onkels, die einem mit 15 schon Alkohol gaben, in der Bar hinten im Garten, weil seine alten Arbeitskollegen vor der Rente schon Raucherbeine hatten, der Garten keine Rampe hatte und er immer so traurig guckte, wenn er sich betrank.

Wir wurden aber aufgrund untrainierter Leber schnell genug betrunken, um das zu ignorieren, und begannen, zu philosophieren.

»Wenn man auf einen fruchtbaren Boden wichst, wächst da dann ein Kindergarten?« Dein Onkel wurde dann froh, hat gelacht, stoßartig, wie ein kaputter Ventilator, den man über die Jahre einfach liebgewonnen hatte, auch wenn er nicht mehr auf Maximalstufe funktioniert, so holt man ihn doch, wenn man ihn braucht, immer gerne raus. Außerdem ist, sich einen neuen zu kaufen, ziemlich mühselig, und, um in der Metapher zu bleiben, Menschenhandel ist nicht so in Deutschland. Er kramte an dem Abend auch für uns seine Bücher raus, damit wir ihm mal etwas vorlasen, so als junge Generation. Weil wir ja so hip, cool und jugendlich waren, aber auch total anti, aber nicht anti cooler Onkel, haben wir still und heimlich vorgelesen, das durfte aber keiner wissen. Ich verschlang die gesamten Bücher in einem Stück. Menschen können keine Zellulose verdauen, deshalb tat es sehr weh. Immerhin konnte ich lesen, ich glaube, dein Onkel war einsam und konnte es nicht.

Ich habe mal einen Internettest gemacht und anhand einiger Persönlichkeitsmerkmale, meiner Lieblingsfarbe und meiner Kontoverbindung hat man herausgefunden, dass ich eine Mischung aus Feuer- und Wasserbändiger wäre, also ein Dampfbändiger.

»Oh nein, meine Dampfabzugshaube funktioniert nicht, bitte reißt sie ab und baut mir eine neue, sonst kann ich nicht kochen«, hätte deine Mutter dann vielleicht gesagt.

Und ich dann so: »NUR KEINE ANGST, DER DAMPFBÄNDIGER IST DA, SCHWIUU, SCHWIUU!«

Und sie wieder so: »Wie kommen Sie in meine Wohnung?!« Aber da hat sie wohl wieder zu viel Wein getrunken und mein Gesicht vergessen.

Aber du hast dann gelacht und das geliked und ich habe dich subscribed, denn wir waren wie Bibi und Tina, obwohl ich eher Tino war, nur leider konnte ich null reiten. Und wir waren wie Simba und Nala, aber ohne dass wir am Ende geheiratet hätten, und wir waren keine Löwen und auch nicht wirklich verwandt, wir waren wie Romeo und Julia, nur ohne den Liebesquatsch, aber ganz doll mit dem Pathos, aber wiederum ohne Tod am Ende. Also noch nicht jedenfalls. Aber wir waren cool, und hip und jugendlich, und vor allem waren wir miteinander weniger allein.

Ich habe immer gesagt: »Wenn das Leben dir Zitronen gibt, mach Marmelade draus.« Und du hast dann gelacht, weil du dachtest, das sei nicht richtig. Ich weiß, dass du glaubst, dass das nicht richtig gewesen ist.

Und heute kennen wir uns nicht mehr. Weil Jungs sind vom Mars und Mädchen vom Snickers oder von der Venus oder sonst woher, ich hab das noch nicht so rausgefunden, weil ich mich mit ihren Herkunftsorten nicht ausgiebig beschäftigt habe, aber die kommen auf jeden Fall nicht vom Mars. Aber ob ich vom Mars kam, weiß ich nicht – wir beide waren Zitronen.

Wir waren hip, cool und jugendlich, aber vor allem waren wir sauer, dass niemand uns einfach Mischmaschmarmelade und Freundschaftsschokoriegelsmoothie hat sein lassen, weil Jungs und Mädchen ja keine Freunde sein können. Aber jetzt bin ich nur noch sauer, weil wir irgendwann nachgegeben haben.

# Maredokument

Ich kam mal aus Gelsenkirchen.

Aus einer Stadt, die sich anfühlt
wie alte, kratzende Trachtenkapellenmusik
auf einem Hip-Hop-Beat von 2003.
Einkaufen sei hier auch Beiläufigkeit,
weil eh alles zumacht
– eine Stadt wie ein Kuhkaff,
das so schmeckt wie alte Menschen.

Alte Haltestellen, alte Bartresen,
alte Steinhalden, alte Fastfoodläden,
alte Horizonte, alte Scheuklappen,
alte Profizocker, alte Lappen,
alte Stadt, alte Stadt, alte Stadt.

Zwischen Fiege und Veltins ist vieles unverdient;
die Stadt der tausend Feuer,
die in mir keines entfachte,
weil Manuel Neuer
es doch auch von hier wegschaffte.

Der Eklat war mir eh klar,
ging ich auf eine Schule,
die heute Schalker Gymnasium heißt,
aber früher Adolf-Hitler-Gymnasium,
und die Leute sind sich immer noch uneinig,
welcher Name nun besser sei, naja.

Sich an Zeiten zu erinnern,
in denen wir uns fremd warn,
tut immer weh,
zumindest ein bisschen,
weil ich vorher nicht wusste,
dass es »darüber hinaus« gibt,
vor allem aber wegen Gelsenkirchen.

Meinen ersten und immer noch bestehenden
Freundeskreis hatte ich mit 16.
Und wir nannten uns Helmut und wir waren cool,
zumindest wir konnten das echt sehn.

Das Bewusstsein seiner Selbst war neu
und wir waren noch jünger und kleiner.
Wir haben geliebt, gelacht, geheult,
sehr viel gekuschelt und uns bereichert.

Wir haben unsere Biographien gegenseitig eingefärbt.

Unsere Truppe war königsblau, obwohl niemand etwas mit Monarchie zu tun hatte, eher mit Alkohol, und wir waren weiß, so weiß, wie man auch nur sein kann, wenn der gesamte Stammbaum aus Kartoffeln besteht, und du hast schwarz-gelben Tina-Turner-Latina-Teint in unsere Mitte gebracht, obwohl du absolut nicht singen konntest, was aber niemanden von uns störte, solange du Spaß daran hattest!

Unsere Heimat wurde die S2 zwischen Gelsenkirchen und Dortmund, immer wieder hin- und herpendelnd (also musste unser Wohnsitz irgendwo bei Castrop liegen), und auch wenn keiner von uns Fußball wirklich überkrass findet, konnten wir immer die Verlierer des Ruhrpottderbys auslachen, denn Dortmund sei dort, wovon man episch berichtet wie Zecken vernichtet, in Stadien stehn, aber uns war das Latte, wir hatten ne Macke, wir landeten lieber daneben im Wasser vom Rhein-Herne-Kanal beziehungsweise in der Gülle des Rhein-Herne-Kanals. Und wir waren dreckig und verloren.

Da war ein Mädchen, das du kennenlerntest, als sie mit Feuerzeug und Deo in der Hand am Ufer stand und schrie: »ICH BIN DER FEUERGOTT«, auch genannt des Teufels böser Zwilling, auch genannt meine Ex-Freundin, mit der ich über MSN habe Schluss machen lassen – wir sind heute wieder super befreundet.

Neben der Gurkentruppe
und dem Löwen der Nordstadt
war da mein Nachbar und,
obwohl man ihn gern hat,
der Kumpel, den man nur
mit Nachnamen kannte.
Die Metal-Brüder, die Englisch-LK-Clique,
der ich so vieles verdanke,
die Hannarchistin, Lars,
die Mathematiker.

Und das Mädchen,
dessen Name für uns sowohl ein Synonym
als auch ein Verb für Kotzen wurde,
die Sexualpartner*innen und
binnen kurzer Zeit warst du auch irgendwie drinnen.

Deshalb sage ich dir: Danke, Mare,
*eres la bastante*, du bist meine Bass-Tante,
*pero no tengo la matemática en mi corazón*.

Wir halten zusammen wie ein Zuhälter mit Samen.
Wir sind 1 nice Freundschaft am haven,
wir sind 1 nices Friendship am segeln
auf dem Meer, das dein Name bedeutet,
wobei ich alle davon zu überzeugen versuche,
dass du Hannelore heißt.

Du warst bei jedem Laufpassbeginn meine Aufpasserin,
sagtest: »Ah, drauf geschissen, das kriegen wir hin,
lass ein Braufass köpfen und dann austrinken.«
Lass uns rauserfinden vor dem Ausgangsbegriff,
was Freundschaft so ist, und dann leugnen wir nicht,
was du und ich sind: Best Buddies in Crime.

Als wir Silvester 2013 in Cuxhaven schliefen,
auf Kaltschaummatratzen,
wo ich eine Ananas mit den Worten
»Ich bin blind und will fühlen, wie schön du bist«
synchronisierte und dir ins Gesicht knallte.

Du bist morgens immer müde, du brauchst vor dem Aufwachen mindestens so viele Liter Kaffee wie du Dioptrin hast, aber dann sind deine Augen so klar, dass dir keine Gefühlsregung entgeht. Du hasst Ketchup genauso sehr wie die Toten Hosen und solltest du jemals heiraten, werde ich Trauzeuge UND Brautjungfer!

Du schriebst Fanfiction, die so brutal Teenie war, dass du den Frontsänger von My Chemical Romance in ein Universum mit Pokémon, Digimon, Naruto und Harry Potter geworfen hast und ich sie an dieser Stelle zitieren muss:

*Naruto brüllte: »Isch mach disch Krankenhaus!«*

*»Hättest du wohl gerne!«, sagte eine unbedeutende Nebenfigur und wich seinen Angriffen aus.*

Reinste Poesie.

Es gibt zwei Regeln, die wir gemeinsam aufgestellt haben.

Erstens: Die Partys, auf die man am wenigsten Bock hat, sind die besten. Geh hin, auch wenn du erst über deinen Schatten springen musst.

Und zweitens: Wenn man Alkohol trinkt, klaut man sich immer ein bisschen Glück von morgen. Übertreibs also nicht, sonst hast du morgen nichts mehr über!

Du warst da, egal wies mir ging
und egal worum ich bat.
Und du brachtest mir so vieles bei,
warst immer für mich da,
du warst da, als ich mich verstellte,
und zeigtest, dass es nicht gut tat.
Du warst da, als ich geliebt habe,
und zeigtest, dass es richtig war.

Du warst da, als ich schaugespielt hab,
und zeigtest, dass es witzig war.
Du warst da, als ich geschrieben hab,
und zeigtest, dass es wichtig war.
Du warst da, als ich zu mir wurde,
wir sind wie ein Zwillingspaar von andern Moms,
zu mir selbst zu werden, war ein langer steiler Weg,
doch die Kraft, ich selbst zu sein,
kommt von der, die keiner schlägt.

Ich kam mal von irgendwo her,
doch wo ich herkomme, ist nicht mehr relevant,
weil in den Köpfen der Leute, die dort leben,
derselbe Leerstand herrscht wie in den Läden
und du mir gezeigt hast, wie man sich bereichert
und dass es mir mehr gibt, zu geben.

Guck uns an, wir sind die Punks,
die wir früher immer sein wollten.
Wir sind vielleicht noch dreckig,
aber längst nicht mehr so verloren.

Und beim Flaschendrehen musste ich dich einmal küssen
und es schmeckte, als wärst du meine Schwester.
Es ist n bisschen peinlich,
es ist mir auch egal
– du bist und bleibst mein Bester.

# Über Disney, Coolness und Männlichkeit – also meine Wenigkeit

*OOOOOOOOOOOOOOOOOOOOH, SCHUBIDU!*
*Ich wär' so gern wie duhuhu, schubiduwab.*
*Ich möcht so geh'n wie du, steh'n wie du, du, du, du.*
*Du wirst schon seh'n, uhu:*
*Ein Affe kann, kann, kann, schubidubidubi,*
*sein wie ein Mann, so ein Mann wie duhuhu.*

Du geile Sau.
Warum bist du nur so beliebt?
Warum geht es mir nicht in den Kopf,
dass es außer dir keinen Anderen gibt
an der Nahrungskettenspitze,
das find ich echt voll nicht spitze.
Dabei ist dein Niveau auch gar nicht mal so
... spitze.

Und wenn du auf Tischen kritzelst
und niiie dabei erwischt wirst,
dann immer nur mit einer Bleistiftminen
... spitze.

Du erzählst richtig schlechte Witze
und kontaminierst deine Umgebung mit Dummheit,
sodass man Spitze auf Spitze
auf Spitze auf Spitze auf Witze reimt.

Ja, Proleten sind nun mal in Mode,
sind vertreten bei jeder Mutprobe;
ob vom Schuldach runterpissen,
ob im Mathetest nichts wissen
– es scheint mir, als seid ihr auf Dummheitsdroge.
Trotzdem bist du der Siegertyp
und ich bin nur das Disney-Kind.
Dein Farbmalkasten war schon immer grau-trüb
und ich mal mit dem Farbenspiel im Wind.

Ich bin Simba.
*»Alles, was das Licht berührt, wird dereinst dir gehören, mein Sohn.«*
*»Und was ist mit dem schattigen Fleck dahinten, Papa?«*
*»Dort darfst du niemals hingehen.«*
*»Aber wieso nicht?«*
*»Das ist Herne-Wanne-Eickel.«*
Ich bin Mulan,
ich bin Peter Pan, ich bin Tarzan.
Ich bin das Biest – ich bin der,
von dem man im Jahrgangsbuch nichts liest.

Ich bin nicht diese Namen, doch ich trage sie bei mir.
Ich trag' sie hinten im Kopf, wo ich mich artikulier',
Dort, wo ich mich entdecke und erfahre und erfinde.
Dort, wo ich *Ich selbst* werd', gesagt so gelinde.

Seit der ersten Klasse an bist du erste Klasse
und mich lädt keiner zum Geburtstag ein.
Hier zählt nicht die Qualität, sondern nur Masse
von Freundschaften und vom Cool-Sein.

Gerade eben erst hast du bei Facebook gepostet,
dass du weißt, wie man zwei Frauen gleichzeitig fistet,
du bist Handpuppenspieler, seit vorgestern Drogendealer.
Alter, deine Rechenleistung
ist die von 'nem Geschirrspüler:
120 Minuten Heißwasser, ratteratteratteratter, puff
– das war's.

Ich Affe könnte auch wie ein Mann sein,
so richtig gefällig und gechillt und geheim,
so ein Mann, wie du es bist.
Weil so ein Mann – ganz einfach – beliebt ist.

*So ein Mann setzt alles ein,*
*so ein Mann ist wie ein Held,*
*so ein Mann kann alles sein,*
*so ein Mann ist dann ein Kind, der wääählt*
doch bitte einen verantwortungsvollen Klassensprecher
und nicht nur den beliebtesten Schüler.

Du versammelst um dich herum all deine *Brüdaz*,
deine Kumpanen, ja, quasi dein Gefolgsheer.
Und bei der Wahl geh ich dann wieder leer

aus der Schule in das Leben.
Du wirst dir die Kante geben,
also dich selbst, du Wandschrank eines Mannes.
Und ich frage mich dann: »Wie kann es
sein, dass du einfach alles und jeden
in den Schatten verbarrikadierst?«

Du radierst den Namen von Hausaufgaben,
die du aus irgendeinem Rucksack geklaut hast,
und beleidigst alles und jeden als Spast
– Alter, das geht gar nicht.

Ich bin schon längst kein Junge mehr,
doch leider auch noch nicht so'n Mann.
Ich Affe könnte auch wie ein Mann sein,
so richtig gefällig und gechillt und geheim,
so ein Mann, wie du es bist.
Weil so ein Mann – ganz einfach – beliebt ist.

Ich bin Simba (*rawr*), ich bin Mulan,
bin Peter Pan, bin Tarzan.
Ich bin das Biest – ich bin der,
von dem man im Jahrgangsbuch nichts liest.
Ich bin nicht diese Namen, doch trag' ich sie bei mir.

Ich trag' sie hinten im Kopf, wo ich mich artikulier,
dort, wo ich mich entdecke und erfahre und erfinde.
Dort, wo ich *Ich selbst* werd', gesagt so gelinde.
Und trotzdem sagt man mir sowas wie *Sei ein Mann!*

*Du musst so schnell sein wie wildes Wasser.*
*Du musst so stark sein wie ein Taifun.*
*Du musst so heiß sein wie Höllenfeuer.*
*Geheimnisvoll zugleich, so wie der Moooooon-*

tag rollt erneut herein,
und aus Versehen lauf ich in dich hinein,
du bist Scar, du bist Gaston,
du bist ein Heer von Hunnen
– du bist nunmal halt auch sehr stark
und schubst mich in den Brunnen.

(Welche Schule kann sich bitte einen Brunnen auf dem Schulhof leisten?)

Unsere nicht!
Und im Gedicht, da merke ich,
dass die Umgebung langsam schwindet
und dass man uns beide
auf 'nem Schlachtfeld wiederfindet.

Ich bin Simba, bin Mulan,
bin Peter Pan, bin Tarzan,
bin das Biest – nun, bin ich nicht,
doch wenn man sich erschließt,

was sie erlebten und was sie riskierten,
wie sie in Situationen agierten,
so trage ich ihre Abenteuer
stets in meinem Hinterkopf.

Und weiß, ich werfe nicht
alle Menschen in den gleichen Klischeetopf.
Und stehe auf, die nasse Faust
rammt gleich deinen Kopf,
sie landet gleich in deinem Gesicht und,
nun ja, auch deine in meinem.

So liegen wir bewusstlos da
und dann kann man auch meinen,
Gewalt sei keine Lösung, nun,
sie ist ja auch kein Destillat.
So liegen wir bewusstlos da
und haben den Salat.

Die Geschichte geht weiter
mit einer gebrochenen Nase in meinem Gesicht
– doch ist das nicht das ganze Ende
von dem Lied und dem Gedicht.

Ich liebe Disney schon lange,
durch meine Venen fließt Zuckerwatte.
Bin zufrieden mit mir,
auch wenn meine Peer-
group das nicht immer so sieht,
ist mir Latte!

Ich bin kein Held, das ist mir klar,
und Worte sind zur Verteidigung da,
doch Helden werden jeden Tag gemacht.
Da ist es nicht wichtig, wer über deinen Witz lacht.

Die Schule ist auch nur 'ne Zeit,
die geht ganz schnell vorbei.
Und cool zu sein, ist gar nicht so cool, wie man glaubt
im grautrüben Farbkastenmehrheitsbrei.

*Schubidu*,
ich wär' nicht mehr gern wie du*huhu (schubiduwab)*,
ich bin zufrieden mit mir
und jetzt steh ich hier,
schreib auf Papier

von Simba und Mulan,
von Peter Pan und Tarzan,
und dem Biest,
auf dass eines Tages
irgendwer
von Disneykindern liest.

Sven: »Wo auf dem Piratenschiff ist die Kombüse? Aufm Backbord.

Stellt euch vor, ich wäre eine Gallionsfigur! Dann hing ich von einem Bootsbug hinab und wäre aus Holz. Ich hätte wahrscheinlich ziemlich große Holzbrüste und meine Holznippel würden noch mehr hervorstechen, als sie es eh schon tun – überall Seetang an meinem Holzoberkörper, einen langen, holzigen, schuppigen Schwanz.

Um das nochmal zu betonen: Ich hätte große Holzbrüste. Und ich kämmte mir sicher meine wallenden holzigen Haare mit einer Holzbürste. Holzbürste. Holzbrüste. Anagramme sind lustig.

Von daher heißt mein Text:

**Piratenanagramme / Margarine atmen, pa!**

Immer, wenn ich ein Wort unnötig fett schreibe, ist das ein Anagramm vom Wort »Piraten«.«

# Piratenanagramme / Margarine atmen, pa!

»HM, LECKER!«, exklamiert Grünbart extatisch.

»LECKER, LECKER, DER SMUTJE HAT WIEDER SCHNITZEL PANIERT!«

Also gehen Grünbart und der Rest der Crew runter in die Kombüse, essen mehrere Schnitzel und fühlen sich super. Aus Versehen hat der Smutje eine ziemlich reife Ameise mitfrittiert, eine sogenannte **RIPE ANT**, doch auch diese Delikatesse kommt gut an.

Auf dem Weg von der Buxtehuder Bucht nach Timbuktu besuchen Grünbart, der Pirat, und seine Mann- und Frauschaft (Grünbart hat bei sich eine Frauenquote eingeführt – Grünbart ist nämlich kein Sexist) ihre Freundin Petra in Südostasien. Sie hat sich auf kleine Rüsseltiere spezialisiert. Deshalb mag sie auch die Piraten so sehr, weil sie kleine Rüsseltiere sind. Hihi, Peniswitz. Ihre Rüssel sind nicht aus Holz.

»ABER OBACHT!«, exklamiert Grünbarts Matrosin Elithabeth Thwan (die lispelt, weil copyright).

»Was macht denn Petra da?«

Petra macht gerade eine Darmspiegelung bei zwei Tieren gleichzeitig. »**PETRA IN TAPIREN**!«

Das will die Crew nicht sehen.

Sie fahren also weiter ins Mathemagieland, wo Parallelogramme und Ikosaeder glücklich miteinander leben, weil keine Sau weiß, wie viele Ecken sie jeweils haben. Die Piraten können aber keine Kreise zeichnen, weil sie immer **PI RATEN** müssen.

Fortschrittlich, wie Cäpt'n Grünbart ist, hat er ein Handynavigationsgerät gekauft, von einer zwielichtigen Gestalt im Mathemagieland, um sie aus dem Ganzen auch wieder rausnavigieren zu können. Weil sie ihm nicht den Code dazugegeben hat, ruft nun die ganze Crew **RATE PIN**, damit sie weiterkommen.

Der PIN ist 3141.

Piraten haben kein Konzept von Benachteiligung gegenüber Behinderungen. Blind? Augenklappe! Taub? Klasse, geh zu den Kanonen! Körperteile fehlen? Hier, stylisches Holzbein aus Holz.

Eine Crew wäre aber nichts ohne ein Piratenschiff.

Deshalb: Immer wenn ich ein Wort unnötig betone, ist das ein Anagramm vom Wort **Piratenschiff**.

Piraten sind ungläubig. Sie reißen Seiten aus der Bibel und drehen sich damit ihre Zigaretten mit leckerem Pueblo Drehtabak, dann können sie nämlich **CHRISTI PAFFEN**.

Manchmal müssen sich die Piraten aber auch mit anderen Minderheiten, die ebenso gerne als Kostümvorlage missbraucht werden, abgeben.

Krankenschwestern, Matrosen, Cowboys, die allseits beliebten Bahnangestellten und Indianer.

Die letzten beiden werden in letzter Zeit auch sehr gerne gemeinsam miteinander kombiniert, da es bei Edeka in der Kostümabteilung etwas Neues zu kaufen gibt: ein **SCHAFFNERTIPI**.

Natürlich sind Piraten, besonders Grünbarts Crew, sehr sportlich. Seine Matrosin Eliththabeth Thwan ist immer die Schnellste. Sie **SPRICHT AFFINE**: »**AFFE, ICH SPRINT**!«.

Aber vor allem ist sie nicht sehr höflich zu ihren Mitpirat*innen und außen. Deshalb gilt: Immer wenn die anderen Schnitzel bekommen, bekommt Elithatbeth Thwan nur eine **SPINATCHIFFRE**.

Weil Elithabeth Thwan sich trotzdem nicht bessert, muss sie nun nachts in der Zelle kampieren. Die äußerst moderne Crew hat leider ein Faxgerät vor der Zelle aufgestellt, deshalb kann Elithabeth nachts nicht schlafen, wegen des lauten **NACHTFRIST FIEP**s.

Elithabeth nimmt stattdessen für ihren Fashionblog einen piratigen Beitrag auf – denn wer auch immer Piratenfan ist, muss entsprechend riechen. Von daher ihr **FAN FRISCHE TIP**: Immer ’ne Buddel voll Rum in die Poren massieren, dann bleibt das Skorbut auch schön halbmastig.

Als Letztes ein Anagramm von Dankeschön:

**HODENSACK, NE?**

# Sand und Atlanten
# oder: ganz viele kleine Dinge

Lasst uns kurz ehrlich sein:
Ich bin sehr vieles nicht.

Ich bin kein Mann
viel eher ein Männchen
Andere spielen in 'ner Band
und ich hab' Bändchen am Arm
Ich habe keine Lebenserfahrung,
ich habe Abitur
und selbst wenn ich sie hätte:

Ich habe und bin nun mal noch nicht lange
im Vergleich zu vielen von euch, die hier sind
Ich bin ehrlich mit euch:
Das Einzige, was ich verlange
ist, dass ihr mir 'ne Chance gebt
die euch vielleicht umstimmt

Ich bin ein Sandkorn und ihr seid Atlanten
ich bin ein Greenhorn und ihr habt Gedanken
schon gedacht, da gab's mich noch nicht einmal
Aber hört mir bitte dieses eine Mal zu

Ich habe dreckige Füße und 'n halbnackten Körper
steh' in der Blüte der Jugend, und stört der
Wellengang den Auftrieb, weil man mir nicht ansieht
ob man mir noch mehr auszieh'n kann
denn wer aussieht, als ob das ausblieb
für den gibt's eben kein' Aufstieg

Weil ich unordentlich wirke
und ungerade denke
weil ich mich lieber treiben lasse
und meine Zeit verschenke
fließe ich gediegen durch Hände
und genieße, jung zu sein

Hier folgt ein unreiner Reim auf den nächsten
und genauso wie sie passe ich nicht ganz hinein
denn alles fließt wie Sand aus den Fingern
alles fließt wie Sand aus sehr kleinen Steinen

Es ist ambivalent in dieser Position
denn auch wenn man was kennt
die anderen kennen's schon

Nein, niemand nimmt mich ernst
alle halten mich für komisch
und niemand denkt mit zwanzig Jahren nur so unironisch:

Ich will sagen, was ich denke
ich will sagen, was ich weiß
ich will sagen und ihr hört zu
denn ich hab' was zu erzählen

Verantwortung übernehmen
Verantwortung ist ein komisches Wort
Da steckt die »Antwort« drin
das ist sowas wie »Bildung«
Ich übernehme die »Überfragung«
einmal meinerseits
und zweitens die der Welt
denn meistens zerfällt
das Konstrukt dahinter

Die Wellen im Hafen, die planschen herum
als würden sie irgendwem jubeln
Und Möwen hängen an Windböenfäden
sind Marionetten von Kinderhänden

Der Seetang tanzt Seetango auf dem
Schaumfilm, der sich tragen lässt
als wäre er frei von Sorgen
Im Hafen schmeißen wir 'ne Party
für das Meer und den Einklang von Morgen

Wir laden die Tiden zum Bleiben ein,
ein manches Sandkörnchen springt sogar hinein
um mit Muscheln zu kuscheln
statt mit Bäumen, und Seile umsäumen
Fischernetze, die besetzte Schiffe schmücken

Es dröhnen die Hörner einfahrender Fähren
Fanfaren von Fischen blubbern mit dazu
Ja, unten im Meer, da lebt es sich viel nasser
doch im Einklang mit Landgang
kommt Verständnis füreinander dazu

Wir sind Sand, zu klein für Verantwortung
wir sind Kinder in zu großen Schuhen
wir sind Sand, wir sind ganz kleine Steine

Atlanten sind gleich zweierlei, nicht nur Bücher
auch Wesen aus griechischen Sagen
Ich will genauso wie Atlanten sein
und die Welt auf meinen Schultern tragen
Und umblättern auf vielen Seiten
und unendlich akkurate Karten
der Welt in mir bewahren

Ich will wissen, was da draußen ist
will nicht nur im Meer schwimmen
sondern kartographieren
ich will hier nicht rumpimmeln
nein, ich will kapieren
will wissen, will wachsen, will vollends verstehen
warum Sandkörner wie ich
so klein bleiben und beigeben

Scheiße, meine Meinung ist genauso viel Wert
wie die eines jeden anderen
Und zwischen Alter und Reflektion
besteht kein Kausalzusammenhang

Ich will nicht erwachsen werden
ich will einfach erwachsen sein
Denn wer nimmt schon den Schmutz ernst
bestehend aus ganz kleinen Steinen?

Wir tragen so viel Gewicht
und Schwere auf den Schultern,
aber wenn wir Pathos definieren sollen
zucken wir nur damit
Ich will mich ein- und auseinandersetzen
und nicht für klein gehalten werden

ich will
mehr als mein Alter sein
mehr als mein Gesicht
mehr noch als niedlich und Körpergewicht

ich will mehr sein als Sand
ich will mehr sein als klein
ich will mehr sein, nein, Meer seh'n
Und als Atlas hätt das was
Am Rand vom Wasser steh'n

Und von der Party im Nichtschwimmerhafen ruft es:
»Aber Sandsein fetzt doch!
Wir lassen uns treiben
Und im Wasser ist's nasser und warm
Und sind wir zu lange im Wasser, dann werden wir zu
Matschepampe, Matschepampe, OY OY OY!

Wir können doofe Robben mobben
wir können im Hafen schlafen
wir können Tische mit Fischen wischen
– jung ist man nur ein Mal
Was kümmern uns der DAX und Bausparverträge?

Warum willst du Atlas sein
warum willst du dir die Welt in dich einprägen
wenn wir unreflektiert und klein bleiben
können, müssen und sogar sein dürfen?
Drum lass uns doch lieber noch ein Slusheis schlürfen!«

Die Wellen im Hafen, die schlabbern herum
als würden sie irgendwem jubeln
Und ecken und stoßen und sprudeln sich an
weil die Party ohne mich weitertrubelt

Gehen wir auf den Grund des Meeres:
Warum ist es so groß?
Warum blättern wir in Atlanten?
Was ist denn der Grund des Wassers
warum komm ich nicht los von
kontrollierter Freiheit und bedingungsloser Positivität?

Wenn man jung ist und nicht weiß, wohin
denn mit zwanzig, da ist es fürs Jungsein zu spät
fürs Altsein zu früh, fürs Meinungenbilden
fürs Allein-Termine-Machen und Rechnungentilgen

Wenn man keine Perspektive hat
lässt man sich einfach treiben
denn lästig-feste Böden
lassen sich so einfach meiden
– so viele fucking Fragen und so wenig Zeit

Als Atlas werde ich Sand zwischen den Zehen haben
und matschbeschmutzte Kartenseiten
und mit dem Einklang wird jedes Sandkorn verstehen:
Sand besteht aus sehr kleinen Steinen
und Atlanten sind aus hauchdünnem Papier

Ein Meer, so sollte man meinen
sind Millionen kleiner Tropfen
aber alle sind sie hier
Viele kleine Ideen
werden zu einem großen Gedanken
viele Menschen, die verstehen
werden zu einem großen Ganzen!
Viele kleine Schritte führen dazu, dass wir tanzen
und viele kleine Rucksäcke ergeben einen Ranzen

Das heißt
zuhauf
macht die Summe kleiner Dinge
die Großen doch erst aus

Sven: »Ich habe einen großen Bruder, der ist 24 Jahre alt, und eine große Schwester, die ist *ähem* Jahre alt. Vor einigen Jahren hat sie ihr erstes Kind bekommen, einen glücklichen und gesunden Sohn, mein Bruder wurde Patenonkel, und einige Zeit später folgte etwas sehr Schönes, was Anlass für diesen Text gab.«

# Ich schreibe meiner Nichte keine Gedichte

Ich bin ein stolzer Onkel – ein Patenonkel sogar.

Meine Nichte ist jetzt drei Jahre alt, und ihr Lieblingswort ist »Nein«. Ein Wort, das, wie ich finde, ihr im Leben noch sehr nützlich werden kann. Zu ihren weiteren Lieblingswörtern gehören »Otorad«, was sie immer sagt, wenn draußen ein Motorrad laut vorbeiknättert, »Baat«, wenn sie mich unrasiert oder ihren Papa (sehr unrasiert) sieht, weil er Bart trägt, der mir nie so durchgängig wachsen wird, und außerdem macht sie Quietsch, wenn sie sich freut.

(Macht das mal am zweiten Geburtstag mit, wenn sie in einer vollgekackten Windel und Geschenkpapier mit Aa an die Hacke geklebt durch die Wohnung läuft und die ganze Zeit kreischt. Sie wird zur Möwe. Hat sie von mir.)

Das ist ein größeres Arsenal an Worten und Lauten, als ich zu der Zeit zur Verfügung hatte; ich habe die ersten vier Jahre meines Lebens nicht gesprochen, war also doppelt so alt wie sie vor meinem ersten Wort. Ich weiß nicht genau, warum: kein Logopäde half, das Zutexten meiner Mutter war für mich Unterhaltung (aber keine beidseitig geführte), ich war einfach still, bis ich irgendwann angefangen habe, zu sprechen, ist ja logisch.

Ich würde gerne lügen und sagen, dass ich mir vorher intensivst meinen ersten Satz überhaupt überlegt hätte, etwas Bedeutungsschwangeres wie »Nicht jedes Anagramm ist ein Palindrom, aber jedes Palindrom ist ein Anagramm«, aber leider waren meine ersten Worte Gebrabbel. »Auto« kam oft vor, »Pabba«, »Omma«, »elektrisches Kekswerk« (statt »Elektrizitätswerk«) und »langsam bassieren« (statt »balancieren«). Und mein »Pabba« sagte etwas, was er vorher nicht für möglich gehalten hätte: »Jetzt halt doch endlich mal die Klappe.«

Und genau das gab Grund, das nicht zu tun.

Daheim habe ich gelabert, ich habe nie mehr wirklich aufgehört, Worte auszusprechen, aber wirklich etwas gesagt habe ich selten.

Ich wurde doppelt so alt und kam in die Grundschule. Dort waren wir eine Klasse von 32 Kindern und ich war eines von fünf Monolingualen – der Rest konnte magische, fremde Worte: Polnisch, Türkisch, Libanesisch, Aserbaidschanisch, ja, sogar Kroatisch! Für mich klang das alles wie Klingonisch. Ich fand es toll, aber wusste nicht, wie ich sprechen sollte. Ich war uncool, weil ich damals besser Mathe als Fußball sprach (heute übrigens keins von beidem mehr), ich habe wenig gesagt, mich dem Unterricht gewidmet und wiederholt, was wiederholt werden sollte.

Ich wurde doppelt so alt, aber dieses Mal, in der weiterführenden Schule, wollte ich endlich Taten sprechen lassen. Und das habe ich auch. Im Sportunterricht hat ein langer, dürrer, trainierter Junge geschummelt, ich hab' ihn also festgehalten, im Vorbeilaufen war ich aber nur an sein Hosenbein gekommen, und er nannte mich entsetzt und angewidert Schwuchtel, ich hab' ihn losgelassen, alle nannten mich jetzt so, und dann habe ich auch nichts mehr gesagt, ich habe geschwiegen.

So ging es immer weiter. Ich habe meine Gedanken und Ideen für mich behalten und Worte nur noch so benutzt, wie es vorgesehen war – als Instrument. Und statt denselben Dreiklang von Konformismus, Konversation und Konservation wie alle anderen zu spielen, habe ich mich irgendwann für meine eigene Harmonie entschieden und mich einfach widersetzt.

Mittlerweile bin ich nicht ganz so doppelt so alt, aber ich habe etwas begriffen: Worte erschaffen Realitäten. Sprache ist die stärkste Form von Magie, die wir Muggel haben. Und weil mir das bewusst geworden ist, möchte ich endlich mal wirklich etwas sagen: Ich will sehr vieles nicht.

Ich will nicht, dass meine Nichte beigebracht bekommt, dass es ein Zeichen von Zuneigung sei, wenn ein Junge sie neckt oder ihr Streiche spielt. Ich will nicht, dass sie Gewalt als Zeichen der Liebe anerkennt. Sie soll nicht schon im Kindergarten gefragt werden, ob der Junge, mit dem sie einfach nur spielt, ihr neuer fester Freund wird oder ob sie ihn später mal heiraten möchte, weil genau das die Frühsexualisierung ist, die von Leuten wie Frauke Petry durch wichtige und gute Aufklärungsarbeit gefürchtet wird. Ich will nicht, dass meine Nichte sich für das schämen muss, was auch immer sie irgendwann mal wird. Ich will nicht, dass sie sich verbiegen lässt, dass sie sich für irgendwen verändert, sondern mit sich selbst wächst und ihre eigenen Entscheidungen fällt, dass sie wächst an ihrer Meinung, ihren

Taten, ihren Worten. Ihr »Nein« soll akzeptiert werden, wenn es fällt, denn wer auch immer es nicht akzeptiert, kriegt es mit mir zu tun, auch wenn ich ein Knuddelbär bin, ich knuddel die alle weg!

Ich will, nein, ich wünsche ihr, dass sie eine verwöhnte kleine Prinzessin werden darf. Nicht weil irgendjemand sagt, dass Mädchen kleine, verwöhnte Prinzessinnen werden sollen, weil sie Mädchen sind, sondern weil sie eine absolutistische Monarchin werden will. Ihr Zimmer soll in einem solchen Pink erstrahlen dürfen, dass sowohl die Farbe als auch die Sängerin neidisch werden – und zwar nicht weil sie ein Mädchen ist und Mädchen pink mögen sollen, sondern einfach weil sie pink mag! Sie soll nicht in einer Welt aufwachsen, in der sie für ihr Geschlecht diskreditiert wird und gesagt bekommt, schlecht in Mathe zu sein, weil sie ein Mädchen ist, sondern weil sie schlecht in Mathe ist und das nichts mit dem Geschlecht zu tun hat, ich bin auch scheiße in Mathe!

Sie soll Hosen tragen dürfen und Kleider und Jeans mit richtigen, echten, benutzbaren Hosentaschen und zu Halloween als Prinzessin Schwarzenegger Disneylieder und Thrashmetal schief singen dürfen, sie soll walzern und sie soll raven, was auch immer ihr gefällt. Sie soll Krafttraining machen und das breiteste Kreuz unserer gesamten Familie bekommen, sie soll Stammbäume erforschen und Baumstämme werfen und Whiskey und Schampus trinken, sie soll sich komplett in Schwarz kleiden und wissen, dass sie Farbe bekennen darf, sie soll einstehen für die Leute, die es nicht so gut hatten wie sie selbst, sie soll sagen und schweigen dürfen und grunzend lachen und mit Barbies und Baggern spielen und 12 Staffeln einer Serie in EINER NACHT durchschauen und lieben und hassen und fühlen dürfen. Sie soll nie Rabenmutter, sondern immer nur Möwenmutter werden, wenn sie denn mal Kinder haben wollen würde, *quietsch*. Und sie soll die Summe ihrer Persönlichkeit sein und nicht nur ihr Geschlecht, als ein freier und glücklicher Mensch.

Aber vor allem will ich für sie eine Sache: Ich will, dass sie immer weiß, wer auch immer sie irgendwann mal werden wird, dass ich immer stolz auf sie sein werde, denn »Ohana heißt Familie, und Familie heißt, dass wir alle zusammenhalten«. Ich schreibe meiner Nichte keine Gedichte, denn ich will ihr nicht vorschreiben, wer sie werden soll. Ich widme ihr Prosa – denn darauf kann sie sich selbst 'n Reim machen.

Sven: »So (oder so ähnlich) auch bei meiner Zeugnisvergabe vorgetragen. #sorrynotsorry.«

# Ein superpositives Gedicht für meinen Abiturjahrgang

»Das Schicksal ist zu mir ein mieser Verräter«,
titelt ein weiteres Filmeplakat.
Und nicht zu dem Zeitpunkt, sondern erst viel später
begriff ich die Tiefe von diesem Zitat.

Äonen vergehen und sind schon vergangen,
wir Menschen sind all diesen Sternen egal.
Für immer, für immer ist nicht von Belangen,
so wie der Mond immer das Sonnenlicht stahl.

Das Antlitz der Erde, beschienen von Luna,
ist Fatum, ist Karma, ist sinnloser Stuss.
Wir Menschen sind sogar der ehrlichen Meinung,
dass Geozentrismus die Wahrheit sein muss.

Das Licht von tausenden toten Gestirnen
strahlt erst nach tausenden Jahren zu uns.
Das Licht von einigen 2-Watt-Glühbirnen,
von Menschen geschaffen, verglüht in Missgunst.

Die Romantisierung von Wolken voll Helium,
von Wasserstoff, Kohlenstoff und $Co^2$
nützt faktisch vielleicht den Menschen, die stumm
und blind geworden sind von Gefühlsfaselei.

Die leuchtenden Bälle voll Hoffnung und Helium
sind gar nicht im Stande dazu, zu empfinden.
Statt Ra oder Sonnengott einfach nur dumm die
Protonen / Neutronen miteinander verbinden.

Das Schicksal war zu mir ein mieser Verräter,
denn Schicksal ist leider nur reine Fiktion.
So schuf John Green, der Autorenmissetäter,
das leider nur menschlichste Schicksal: Illusion.

Heut' steh'n wir zum letzten Male zusammen
und lassen die Hände los, die uns herführten.
Und sollten euch alsbald Gefühle übermannen,
so können wir uns mit Umarmungen berühren.

Was ich euch mit all dem sagen will,
das liegt vielleicht nicht auf der Hand.
Und runterbrechen will ich's nicht
auf YOLO oder Carpe Diem.

Doch euer Schicksal steht von heute an
nicht mehr im Verband
mit Schule, Hausaufgaben und dem Laufen,
dem ganz vielen.

Das Schicksal war zu uns ein mieser Verräter,
was soll's, das kümmert von nun an uns nicht.
Vielleicht waren wir früher mal Fußabtreter
und davon handelt vielleicht mein Gedicht.

Niemand wird euch euer Leben bestimmen,
nur ihr seid im Stande, euch zu arrangieren.
Keine Sterne, keine Götter, kein Chef wird das regeln,
nur ihr ganz alleine, das müsst ihr kapieren,

Nur ihr seid im Stande, ein Zeichen zu setzen.
Ein Fleck auf der Erde, auf dem steht »Ich war hier«.
Von Nichts wird keiner eure Taten wertschätzen,
denn verantwortlich dafür seid ganz allein ihr.

Außer ihr lasst euch instrumentalisieren,
hab' ja keinen Plan, was ihr so mit eurem Leben vorhabt.
Good luck, xoxo,
ich nehm' meinen Wisch und bin hier raus.
Tüdelü und auf hoffentlich nicht sehr bald.

Aus unseren Alben bin ich die Auskopplung,
als Single hab' ich nun den deutlichen Vorsprung.
Auch wenn mir die anderen Tracks fehlen werden,
will ich nicht mehr meine Aorta gefährden,
die pumpt nun mein Blut in die Perspektiven,
die Nachtkulturtanzflächen als Expertisen
mir anpreisen, anprangern.
An und für sich
stellt das prangende, preisende Licht
alles in eine extatische Sicht.

Wir gehen ab und gehen drauf
und wollen in den Discos leben,
gehen ab und gehen drauf
und schreien jede Nacht.
Wir gehen ab und gehen drauf
und wollen in den Discos leben,
gehen ab und gehen drauf
und feiern jede Nacht.

Mit Anglizismen übersäte,
hüllenvolle und leere Strukturen
machen brave Kleinstadtmädchen
allesamt zu Hartgeldhuren.
Bässe lassen das verblassen,
stetig heiter weitersteigen,
Alltagssorgen sind im Morgen,
dort, von wo sie Glück sich borgen.

# Ab und drauf

Wir gehen ab und gehen drauf
und wollen in den Discos leben,
gehen ab und gehen drauf
und schreien jede Nacht.
Wir gehen ab und gehen drauf
und wollen in den Discos leben,
gehen ab und gehen drauf
und feiern jede Nacht.

Bin ich der devote Part dieser Liebe,
befriedigst du denn an mir nur deine Triebe?
Hab ich denn die Dominanz in mir verschlissen,
bin ich in der Lage, dich noch zu vermissen?
Monogamie ist ein fremdes Konzept
und hatte noch nie Platz in unserem Bett,
drum nehm' ich die Koffer und ziehe jetzt aus,
nicht meine Klamotten, doch raus aus dem Haus.

Hohe Tiefen in den Augen
aller tanzenden Schamaninnen,
suchen nach der wahren Liebe
in den Händen, Lippen, Armen
fremder Tänzer, spenden zentner-
weise eingeschenkte Gläser.
Glaser werden leere Augen
weiblicher Handtaschenträger.

Stroboskope konvertieren
Extremitätenzuckungen
in ein römisches Spektakel,
anregend zum Zugucken.
Sensationen füllen Hüllen,
dass sie Hymnen lauthals brüllen,
schwere Leere zehrte Seelen,
doch nicht des nächtens Partyleben.

Munter, heiter,
immer weiter,
ein Caipirinha, danach ein zweiter,
wird die Stimmung immer breiter
und das Blickfeld schrumpft.
Stopmotion, Strobo,
Eins und Null,
Wodkaflaschen und Red Bull,
Aus und An, Hell und Dunkel.

Wir gehen ab und gehen drauf
und wollen in den Discos leben,
gehen ab und gehen drauf
und schreien jede Nacht.
Wir gehen ab und gehen drauf
und wollen in den Discos leben,
gehen ab und gehen drauf
und feiern jede Nacht.

Einsamkeit und ihre Würde
werden hier schnell ausgelöscht
durch halblegale Stimuli,
die sich den Weg durch Adern bahnen.
Zweisamkeit und ihre Hürden
sind an dem Punkt ausgedörrt,
an dem die weisen Simulanten
die Besoffenen umgarnen.
Die Sorte Mensch Simulation
fungiert mit Trug und Schein und Hohn
und endet in nächtlicher Kopulation.

Ich will nicht immer nur Ramschposten sein,
doch Second-Hand bin ich schon lange.
In Nebelfeldern betrügender Schein,
in fremden Betten hab' ich Bange.
In Nebelmaschinen ein stumpfer Reim,
in fremden Armen hab' ich Angst.

In Nebelscheinwerfern ein letzter Keim,
in 'nem verschlossenen Körper beweg' ich mich lange,
in 'nem verschlissenen Körper beweg' ich mich lange,
in 'nem verlassenen Körper beweg' ich mich lange,
in 'nem verlassenen Körper beweg' ich mich lange
GENUG.

Aber diese Nacht wird anders,
sie wird kein Betrug.
Ich gehe auf die Menschen zu
und ich werde mein Album wiederfinden
und mich selbst kann ich beweisen,
denn ich kann mich auch wieder binden!
Meine Aorta ist zwar noch längst nicht verheilt,
denn Eile verweilt im Riemen verkeilt.

Doch ich werde aktiv und werd' mich befreien,
der Winter meiner Jahre ist doch
noch längst nicht erreicht,
der Sommer meines Lebens,
der liegt doch noch vor mir,
meine Haut ist noch längst nicht verbleicht!
Die Leichenblässe täte besser
jemand anderen verfluchen,
an mir würd sie nur ihre Kehle
lustlos lapidar versuchen.

Wir gehen ab und gehen drauf
und wollen in den Discos leben,
gehen ab und gehen drauf
und schreien jede Nacht.
Wir gehen ab und gehen drauf
und wollen in den Discos leben,
gehen ab und gehen drauf
und feiern jede Nacht.

Leere Klänge sind am Tosen,
Kehlen werden totliebkost.
Würd' ich meine Liebe losen,
meine Seele würd' verlost.
Alkohol macht locker Hosen,
Gras die Sicherheit erbost.
Beim Billard kann man Kugeln stoßen, beim Sehnen hilft
vielleicht einfach ein Stoß in die richtige Richtung.

Ich habe nie Nachtkulturen ausgelebt,
denn um sechs Uhr geht die Sonne auf.
Und wer wochenends allein nach Hause geht,
dem hilft das nächste Wochenende aus.
Zum Glück gibt's auch die Schamaninnen,
die Trägerinnen der Handtaschen,
betäubt, betrübt, betrunken, betrogen,
berieselt von Männern mit Wodkaflaschen.
Sie betanzen die Nacht, be-begrüßen die Nacht,
am Morgen doch neben dem Traummann erwacht.
Und Wochenenden später
immer noch dieselben Täter
von Samstag bis Sonntag, von elf Uhr bis acht.

Sie wollten die Autonomie erleben,
doch haben sich dabei verschätzt.
Die gepriesenen Expertisen der Nacht
– die nächtliche Realität hat sie verätzt.
Die Singleauskopplung ist nicht in den Charts,
das Album war die einzige Möglichkeit.
Alleine im Bett malt man nur mit Schwarz,
die Herzkanäle waren einmal weit.

Das schöne Konzept von Monogamie
hat die Koffer platzen lassen.
Und die Trauer steht am Platz der Magie,
anstelle von Liebe nur Hassen.
Und schrei ich noch so oft, noch so laut
und noch so ehrlich in der Disko,
du sollst dich aus meinem Leben verpissen
– ich bin in der Lage, dich noch zu vermissen.

Wir gehen ab und gehen drauf
und wollen in den Discos leben,
gehen ab und gehen drauf
und feiern jede Nacht.
Wir gehen ab und gehen drauf
und wollen in den Discos leben,
gehen ab und gehen drauf
und schreien,
um unsere eigenen Gedanken nicht mehr
ertragen
oder hören zu müssen.

# Stockholm

Reiß mir die Haut von meiner Brust
jede aufgekratzte Pickelnarbe
befreie mich von meinen Muttermalen
und befiehl mir, was ich zu tun habe

Schlag mir das Lächeln aus meinem Gesicht
sodass Blut aus meinen Mundwinkeln läuft
und beiß in meine Lippen und beiß in meine Zunge
sodass sich beim Küssen rotes Rinnsal verbeugt

Stoß mir die Unschuld aus meinem Schädel
und lass mich nicht atmen und lass mich nicht los
Und lass mich und lass mich und fessel mich bitte
ich flehe dich an, tief in deinen Schoß

Zerkratz meinen Rücken, zerkratz meine Hautschicht
zerkratz mir den Torso per Linien einritzen
Mal mir mit Gewalt deinen Namen ins Gesicht
und ich lasse mich von dir vollends besitzen

Verdirb mir den Magen, verdirb meinen Körper
lass mich nicht am Leben, wenn du es nicht willst
Lass mich Schlampe lüstern nach deinem Verlangen
Nimm dir, womit du dir dein Verlangen stillst

Tritt mich und nimm mich und lass dich an mir aus
Ich will dich in mir und dich nicht verdienen
ich will dich als Gabe und Strafe zugleich
Ich will, dass du willst, dass ich dir nicht genüge

Zeig mir, dass ich wertlos bin, wie sich's gehört
und dreh meine Schmerzen von außen nach innen
und lass meine Sinne und Seele berührt
und lass meinen Imperativ heute Nacht stimmen

Mach, dass ich weine, nicht nur wegen Härte
schmier mich voll Rotze und Pisse und sei morgen wieder weg
Brich mich in zwei Teile, brich mich auseinander
versprich mir, ich bin dir dein wertloser Dreck

Ich will, dass du mich komplett zerstörst
aus eigenen Stücken, aus Inbrunst, als Mann
Ich will, dass du wolltest, dass ich dir gehöre
damit ich die Schuld auf dich schieben kann

# Leonie

Wir stehen in einem Farbverlauf von konkreten Tatsachen und undefinierter Beliebigkeit.

Wir stehen vor einem vollen Hauptbahnhofsgebäude (in einer beliebigen Ruhrgebietsgroßstadt) – drinnen gehen die Leute schnellen Schrittes zwischen dem Bäcker, den Gleisen und dem Ausgang umher, machen schlagartige Richtungswechsel, alles wirkt ein bisschen zufällig.

Verabredete Menschen begrüßen oder verabschieden sich, gehen runter in die U-Bahn oder aszendieren auf irgendeine Reise. Leute mit Gepäck in den Händen und Last auf den Schultern.

Und draußen sitzt die Adoleszenz, die Bohème, die diese Begriffe nicht kennt, die aus vielerlei Umständen dort ihre Endstation fand. Turmbräu in den Händen, oder ein Plastikbier, aber vor allem bunte Haare in einer unfarbigen, uncharakterisierten Umgebung und bunte Gedanken in einer blassen, interessenlosen Gesellschaft. Dort leisten und erfinden sich gescheiterte Menschen selbige: Gesellschaft.

Ich romantisiere sie nicht. Sie stinken, sie sind hässlich, sie gucken traurig, sie haben kein Dach, außer das des Bahnhofvorplatzes, und sie trinken. Sie sehen älter aus, als auf dem Pass steht, den sie nicht mehr haben. Sie sind verbraucht von einer Maschinerie, die drinnen funktioniert und hier draußen aufhört, zu rattern.

Und da stehen wir beide. Unsere Backstory ist schnell erzählt: Du hast dein Vokabular ausgepackt, fragtest mich nach Pfand und hast mich genug bezirzt, dass ich mit dir kam – das klingt unkonkret, aber mehr ist nicht passiert. Zwischen den Zeilen steht kein tieferer Sinn für unsere Begegnung, wir waren an derselben Stelle zur selben zufälligen Zeit. Und wir stehen (vor einem beliebigen Hauptbahnhofsgebäude) und werden konkret.

Wir trinken Turmbräu. Wir rauchen gedrehte Kippen. Wir teilen uns das Essen anderer Penner, die sich selbst auch so bezeichnen. Ich gehöre nicht in die Vorbahnhofswelt, aber bin dreckig genug, um für den Moment reinzupassen, habe einen Moment das Graue abgelegt und du fängst an, vom Pfandsammler zum Geldjäger zu werden, einen Moment, bitte!

Du brauchst (eine beliebige Anzahl Münzgeld) für die Notschlafstelle und du brauchst Geld für dein Ticket nach (beliebige S-Bahn-Station) und du brauchst Geld für was zu Futtern von (beliebige Fastfoodkette), du brauchst Geld für alles, außer für das, was du nicht sagst, und wir beide wissen, wofür du es ausgeben wirst.

Bevor du sagst, dass ich verurteile – du bist eine konkrete Person, du bist eine Biographie und du bist keine Stigmatisierung.

Das hier ist deine Geschichte und nicht die Geschichte (irgendeines beliebigen obdachlosen Punkers). Du bist ein Typ, du bist ein, zwei Jahre älter als ich und siehst drei, vier Jahre älter aus, als auf deinem einstigen Pass steht.

Du nennst dich Leonie, weil dein alter Name irgendwie zu konform war, deine Haare sind Straßenköterblond, weil (beliebige Rechtfertigung), und du bist hier, weil (beliebige erfundene Backstory).

Die Konformität vom Bahnhofsinneren bringst du als einziger schöner Mensch in einem Haufen Punks durch ein verschmitztes Lächeln zum Stillstand, konvertierst die unwichtigen Nebencharaktere des Bahnhofsinneren, die Menschen aus der heilen Welt, die Leute mit Gepäck in den Händen und Last auf den Schultern, du konvertierst sie von einer rennenden »Ich muss meinen Zug bekommen«-Haltung zu einem »Hier hast du 'n Fünfer«.

Und ich begreife nicht, wie du sprichst.

Irgendwie musst du dein Heroin bezahlen. Psychologisch agieren und straßenklug mimen kannst du, doch du bist wirklich klug. Du hast keinen Skrupel vor dir selbst und kaufst dir ein Duplo, um auf der Alufolie deinen Stoff zu schmelzen, weil du keinen Löffel hast. Und wir gehen aufs Bahnhofsklo und weil es das Narrativ so verlangt und ich meine, mich gut mit dir zu verstehen, haben wir (beliebige sexuelle Handlung) ausgeübt. Und du schickst mich raus, fragst mich, ob Blut pissen normal sei, aber tust das nur, um davon abzulenken, dass du dir dein Spritzbesteck mit deinem Kabinennachbar teilst.

Du bist Leonie. Du hast Last in den Venen und Last auf den Schultern und ich hab keine Ahnung, wer du bist, und du hast es auch längst vergessen oder verdrängt. Ich glaube, du schämst dich so sehr vor dir selbst, dass du dir einen neuen Namen geben musstest. Dass wir uns getroffen haben, ist ein paar Jahre her, und du legst es drauf an, bald zu sterben. Ich komme manchmal an Graffiti an einer bunten Litfaßsäule vorbei, auf der du in Eddingfarbe denunziert wirst, den genauen Wortlaut kenne ich nicht mehr, aber dein Name und ein »Fick dich« kommen vor. Manchmal durchzappe ich Lokale Nachrichtensender nach dir und gucke, ob du mittlerweile tot mit offenen Armen aufgefunden wurdest.

Ich hab keine Ahnung, wo du herkommst und wo du hingehen wirst. Aber für einen kurzen Moment hatten wir miteinander zu tun. Ich gehe zurück in das Bahnhofsinnere, in die Maschinerie, dahin, wo die Räder drehen, bis sie ausrasten, und du gehst zurück ins Moloch (vom beliebigen Ruhrgebietsgroßstadtbahnhofsvorplatz).

Wir stehen in einem Farbverlauf von konkreten Tatsachen und undefinierter Beliebigkeit.

Und ich stehe vor einem beliebigen Penner, der mich nach einer beliebigen Anzahl Kleingeld für einen beliebigen Grund fragt. Und stehe vor einer Entscheidung.

Und ich kann und will nicht Schicksal spielen.

Denk bitte schlecht von mir, bitte, aber ich gehe weiter.

Denk bitte schlecht – aber ich bin weg.

# Hast du noch Feuer?

Nasses Holz brennt schlecht, sagt man,
und trocken Stroh wird abverlangt.
Doch Heu und Gras brennen nicht lang,
zu schnell ist man dann ausgebrannt.

Aussagen aneinanderreihend und immer den Zeigefinger richtend, stehen wir vor einer austauschbaren Bar, einer austauschbaren Kneipe, einer austauschbaren Location, die uns wegen ihres hippen, alternativen Ambientes und ihres veganen Angebotes angelockt hat, und zünden uns unsere fünf Minuten Gesprächsstoff an, und wieder steh'n wir draußen, unsere Köpfe sind am Rauchen, und du fragst mich: »Hast du noch Feuer?«

Wieder haben wir circa fünf Minuten Zeit, unsere beste Geschichte preiszugeben, den Seelenstriptease von neuem unter der eingängigen Melodie von Careless Whisper zu vollziehen, die, die wir in solchen Momenten immer auspacken, weil wir irgendwann durch Zufall gemerkt hatten, dass das die Atmosphäre unter uns auftaut und das Eis schmelzen lässt, aber je öfter wir sie preisgeben, umso kleiner wird die Flamme und das Feuer brennt auf Sparflamme.

Man hat nicht mehr genug Brennstoff, wenig Antrieb, gar kein Brennholz, da einem das Holz nicht wichtig genug als Fundament für irgendwas, aber gleichzeitig auch zu schade zum Verbrennen ist, es liegt einfach, zweifach, zu vielfachen gestapelt mit einem selbst vor der hippen, veganen, austauschbaren Bar, der Kneipe, der Location, und zersetzt sich so vor sich hin. Und je länger wir draußen stehen, umso mehr Holz stapelt sich dort, ist Papier, ist unbeschriftet und zu gut und zu schade. Man brennt nicht mehr, man raucht nur noch.

Und die Zigarettenstummel landen auf dem Boden. Immer bereits ausgedrückt von irgendwem anders, man selbst kümmert sich nicht mehr darum, denn irgendwer hat irgendwo bereits gesagt und gedacht, was man zu formulieren nicht mehr im Stande zu sein scheint, hat den Funken schon benutzt, den man auf seinem Holzstapel bräuchte, oder auf seinem Holzscheit oder auf seinem Holzspan oder wenigstens auf einem Grashalm, auf einem winzig kleinen Grashalm, du solltest vielleicht ganz einfach kiffen!

Du hast doch auch schon andere von Gras inspiriert gesehen, mit Feuer für ihre Sache, also entschließt du dich, dich mit deinem Kumpel Fabian zu treffen. Und du rufst Fabian an, im nächsten Moment sitzt ihr in seinem Qualm und es flackert nur noch.

»Hast du mal darüber nachgedacht«, beginnt Fabian, »dass wenn du einen Stift zerbrichst, du zwei Stifte hast, aber wenn du einen Füller zerbrichst, du null Stifte hast?« Und du willst anfangen, dich darüber auf den Weg zu machen, als er hinzufügt: »Das ganze Leben ist wie ein Stift.«

Und jetzt gehst du erst recht, weil du schlechte, abgenutzte Metaphern und Phrasen und »Das Leben ist wie IRGENDETWAS«-Sätze und aus dem Internet geklaute Witze (das war eben einer) einfach nicht mehr ertragen oder hören kannst.

Jeder hat seinen eigenen Antrieb, das ist dir klar, jeder hat seinen Katalysator, das ist dir bewusst, aber du hast eben nur noch einen undichten Holzofen und deine Flamme wird durch den Wind immer kleiner.

Und man steht wieder draußen, man lodert nicht mehr, man raucht nur noch, man braucht, aber hat nicht.

»Hast du noch Feuer?«, fragst du und ich habe Angst, dass ich meins verloren habe.

Für die Dinge, die mich bewegen, dass sie zur Monotonie und zum Zahnradwerk eingerattert sind und dass das wohl zum Erwachsen- und Älterwerden dazugehört. Ich gebe dir ein Streichholz vom Stapel, das ich ohne dazugehörige Schachtel nicht mehr benutzen kann.

Du lächelst, stehst auf einem Bein, machst das Streichholz an deiner Schuhsohle an, hältst die selbstgestopfte Hülse zwischen den Lippen und versuchst, die kümmerliche Tüte Tabak gegen den Wind zum Brennen zu bekommen. Du rauchst, aber hinter deinem Torso brennt Feuer im Hohlkreuz, wo ein Motor sitzt.

Man ist wieder neu und kennt keinen. Man erfindet sich neu und es ist kalt draußen. Man wärmt sich nur selbst auf, es ist kalt draußen und grauer Qualm steigt auf, wir rauchen. Es ist eine Sucht nach Nähe, eine Suche nach Möglichkeit, ein Versuch, die Glut zu schüren.

»Shakespeare«, beginnst du und weißt du?, der Rest ist egal und kalt.

»Shakespeare hat in seinen Dramen Lyrik immer als Anfangs- und Schlussteil gesetzt. Einmal, um Akte zu kennzeichnen für das Publikum, zum andern aber auch, um das Gesamtwerk in eine Klammer zu betten, das war sein künstlerischer Anspruch an sich selbst.«

Und wir kommen in ein Gespräch, wir kommen in ein echtes und ehrliches Gespräch über dein Studium, deine Heimatstadt im Norden und dass man sich fremd unter gleichen fühlt, und vielleicht, ganz vielleicht springt auch der Funke über.

Vielleicht verhält es sich mit dem Feuer wie mit dem Phoenix, man muss den Dingen ihre Zeit geben, bevor man wieder produzieren kann, wenn man am Ausbrennen ist, wenn man am Ausbrennen ist, wenn man am Ausbrennen ist, ist die Diagnose: Man kann sich erholen, in seiner eigenen Asche baden und neue Kraft schöpfen.

Denn aus Inbrunst ward Feuer
und aus Feuer 'ne Flamme,
die langsam dem Luftdruck von außen einbricht,
aus Glut wurden Funken,
aus Funken die Asche,
und die Asche gab Boden für klarere Sicht.
Und aus Asche kann das Futur II werden,
wenn ich entzünde und nicht aus-,
sondern wieder anbrenne,
und erkenne, was wirklich wichtig ist,
und du fragst mich: »Hast du noch Feuer?«,
und weißt du was?
Es brennt.

# Flugzeuge

kreisen über unseren Köpfen
in regenbogenverhüllender Nacht.
Und haben wir auch gerade noch
laut über die Welt nachgedacht,
so singst du jetzt ein Lied, ja,
dessen Inhalt brauch ich nicht zu erklären:
*»Können wir nicht so tun, als ob Flugzeuge*
*im Nachthimmel Sternschnuppen wären?«*
Du könntest gerade ziemlich gut
einen Wunsch gebrauchen.

Du glaubst nämlich nicht mehr an Sternschnuppen,
an Wunder oder den Weihnachtsmann,
die Zahnfee oder den Osterhasen,
weil keines dieser Konstrukte dir noch helfen kann.
Vom Glauben bist du abgefallen,
denn auch Götter helfen dir nicht mehr,
kein Beten, Glauben, Hoffen,
Träumen, Weinen, Schreien, Gegenwehr.

*Du bist falsch, du bist falsch, du bist falsch,*
rast dir durch den Kopf
mit jedem Blick,
den du verschleiern musst.
Jedes *Du bist falsch* hinterlässt
ein klaffendes Loch in deiner Brust.

Das Gesicht von Mobbing hat viele Facetten,
jede Einzelne ist scheiße, ich weiß.
In der Siebten gibt's Gruppenzwang zu Zigaretten,
dort zögerst du noch unter Schweiß.
Du greifst die Kippe, steckst sie an.
Und röchelnd gehörst du jetzt dazu.
Das Opfer der Lage, für einen Moment,
bist endlich mal nicht mehr nur du.
Aber die Achte geprägt von »Ficken« und »Blasen«,
was ist denn hier bitteschön los?
Der Verkehr lässt deine Gedanken rasen,
bis dein Herzschlag deine Rippen zerstößt.

*Du bist falsch, du bist falsch, du bist falsch,*
rast dir durch den Kopf.
Denn du denkst nicht an Fotzen und Fingern,
die Lage prekär und die Last liegt schwer,
während die Machos dort protzen und zwinkern,
ist der Stärkste von ihnen dein Begehr.
Und außer einem einzigen Wunsch,
ist dein pulsierender Kopf hohl und leer.
*Wenn in meiner verdammten Haut*
*doch nur ein anderer wär.*

Du willst Familie nicht enttäuschen,
Kinder kriegen, Rechte haben,
in der Öffentlichkeit küssen
und nicht um Erlaubnis fragen,
heiraten und Händchen halten,
alles nur mit deiner ... Frau.
Untergehen in der Masse,
Regenbögen werden grau,
monogam, monoton,
erschaffst du dir deinen Monocaust.
In Wandschränken ist dein Geheimnis,
das du keinem anvertraust.

Weil die Welt einfach eine Bühne ist,
spielst du Hetero und Julia,
studierst deine Fassade ein,
ob hetero, ob schwul, ja,
da merkt keiner den Unterschied,
solange du auch nur brav deinen Text
auswendig lernst und nichts Falsches sagst.
Was würden deine Eltern sagen,
wenn sie erführen, dass du Kerle magst?

Und du?

Du glaubst nicht mehr an Sternschnuppen,
an Wunder oder Gerechtigkeit.
Schon längst nicht mehr an das Gute im Menschen
oder die wundenheilende Zeit.

Du legst jetzt einen Schweigeschleier
in Schwarz über deinen Regenbogen,
denn anderes als Schwarz und Weiß,
das hat man dir nicht anerzogen.
Anderes als Mann und Frau,
das wurde dir nicht beigebracht,
und Flugzeuge kreisen über unseren Köpfen
in regenbogenverhüllender Nacht.
Und haben wir auch gerade noch
laut über die Welt nachgedacht,
so wird es leise um deinen Gesang,
du schließt die Augen resignativ.

*Du bist falsch, du bist falsch, du bist falsch,*
rast dir durch den Kopf.
Und du versteckst und verstellst dich, anstatt
demonstrativ dem Status quo den Kampf anzusagen,
denn diese Last kannst du nicht tragen.
Und du hast Angst.

Und aus kalter Angst wird Kraft geboren,
du fühlst dich vielleicht nicht auserkoren,
aber ein verlorener Kampf
bedeutet noch längst keine verlorene Schlacht

Und Flugzeuge kreisen über unseren Köpfen
in regenbogenverhüllender Nacht.
Und scheiße, nein, wir reißen Mauern ein.
Ab jetzt schreist du alle deine Lieder.

Du zerreißt diesen beschissenen Schweigeschleier
und brüllst durch die Nacht, wieder und wieder:
*Ich bin mehr als ein Klischee und Sexualität*
*– ich bin ein Mensch!*

Und Wärme strahlt aus deiner Brust,
die du nur mit Mut füllen musst.
*Du bist falsch, du bist falsch*
– ach, lass sie doch reden, was du bist.
Wer kann schon entscheiden,
was richtig oder falsch ist?

Jede Liebe hat ihre Berechtigung,
egal ob schwarz-weiße oder bunte.
Lass sie dich doch nennen, wie sie wollen,
Schwuchtel, Spinner, Tunte.

*»Angst vor einem Namen*
*macht nur Angst vor einer Sache selbst.«*

Und bevor dich irgendjemand mit Voldemort gleichstellt, haust du ihm erst einmal gehörig eine aufs Maul.

Und wenn Merkel nicht endlich mal die Ehe gleichstellt, dann haust du ihr erst einmal gehörig eine aufs Maul!

Und wenn Putin nicht langsam mal im 21. Jahrhundert ankommt und begreift, dass du ein gleichwertiger Mensch bist wie jeder andere Mensch auch, ... dann weißt du, was du mit Putin zu tun hast.

Du zerstörst jeden Wandschrank- und
Schubladengedankengang, den du finden kannst,
und ersetzt sie durch Bilderrahmen,
auf die jeder Mensch seine eigenen,
zusammengehörigen Welten malen kann.
In lila-blau-grün-gelb-orange-roten Farben,
in Einklang mit Beige und Schwarz und Weiß und Grau,
du zerreißt jedes Textbuch und jedes Script,
das dir in die Hände fällt,
und ersetzt es durch deine Regieanweisung:
Personalpronomen sind doch scheißegal,
ob Mann oder Frau oder Trans* oder welche
Selbstbezeichnung man auch immer wählen will.

Du willst keine Flugzeuge im Bauch,
du willst einfach nur Liebe
und du willst Gleichwertigkeit
und deine Hater werden, verdammte hacke nochmal,
still, und ...

Flugzeuge kreisen über unseren Köpfen
und eine Sternschnuppe fliegt in bunter Nacht.
Wir liegen erschöpft auf unseren Rücken
und denken laut nach, auf unserem Dach.
Wir sehen das Licht am Himmel,
und, weißt du was?, es ist uns scheißegal,
ob es ein Flugzeug oder eine Sternschnuppe ist,
weil wir einfach nur das Leuchten mögen
– Flugzeuge sind keine Sternschnuppen
und das werden sie auch nie sein.

Hetero ist nicht Homo.
Aber beides existiert.
Und das ist auch gut so.

Sven: »Teil I einer Trilogie. Mit mir wurde Schluss gemacht, zwei Wochen später hatte die ehemalige Lieblingsperson eine neue Beziehung, ich hatte ergo die Trennung verloren. Das war weird. Ich musste also schneller wieder glücklich werden als alle anderen Menschen zusammen, vor allem schneller als die beiden. Das hat nicht hingehauen. Ich bin auf die Fresse gefallen, aber nachdem ich wieder aufstand, passierte etwas sehr Schönes, was Anlass für diesen Text gab. Ich weiß, wie die Geschichte ausgeht, und wenn ihr den Rest der Trilogie lest, dann ihr auch.

Egal, wie es ausgehen möge, es ist ein Text mit viel Hoffnung in sich und heißt **Und plötzlich ist da ein neuer Mensch**.«

# Und plötzlich ist da ein neuer Mensch

## Ein Text übers Kennenlernen

Und plötzlich sage ich mal:

»Hallo. Wollen wir uns in eine coole Lokalität begeben und uns ein cooles Getränk bestellen? Wollen wir abdancen, es entspannt angehen, herumflenzen oder richtig krasse Dinge tun? So etwas wie uns kennenzulernen?« Und ich denke dabei nur daran, wie ich wirke, und dass *mal Hallo* genauso klingt wie das hawaiianische *mahalo*, was so viel wie *Danke* heißt.

Und plötzlich ist da ein neuer Takt,
ein neues Brummen, Summen, Sirren, Klingen,
es gibt keine stummen Stimmen,
alles singsangsungselt, da ist ein neues:

»Gib mir einen Moment von dir,
eine Essenz von dir, eine Minute,
ich schenke dir ein Gespräch mit mir,
eine Woche, einen ersten Monat,
ein Einmonatiges.
Gib mir Zeit,
gib mir ein Jahr, gib mir ein Ja,
ich gebe dir dafür eine Apfel-Rhabarber-Schorle aus
und lade dich ein

zum Fallschimsprunghimmelhochjauchzen
und Fahrradabstellplatzmieten oder -kaufen.
Willst du teilen, maximieren, quadratieren oder joggen,
wollen wir mit nackten Körpern inein-
und aufeinanderhocken?
Ich finde dich anziehend und ausziehend zugleich.«

Und plötzlich ist da ein neuer Mensch,
der den Hyperenthuisiasmusmodus im Brustkorb aktiviert,
und weil meine Nippel ein kleines bisschen aussehen wie
Empfangsverstellknöpfe, läuft jetzt im Radio:
*Bitte gib mir keinen Korb, bitte gib mir keinen Korb, bitte
gib mir keinen, bitte, bitte gib mir keinen …*

Massagen müssen kein Vorspiel sein,
können aber vielleicht ein Nachspiel haben,
ein schönes Nachspiel, ein Nachtspiel,
in dem Banner gehisst und Hüllen fallen gelassen werden,
eine Dämmerung, ein Dämmern,
LA MADRUGADA DE MAÑANA.

Der Morgen danach,
an dem du eine Möglichkeit bist, eine Perspektive,
eine Person für mehr als drei Dates und
für mehr als energydrinkinduziertes
Herzkammernflimmern und -zucken und -zappeln
und -twitchen und -fluppen und -kritzeln und -kitzeln
und du machst mich zum Onomatopoeten,
zum Maullallerlautmaler!

Und plötzlich ist da ein neuer Mensch
und ich bin vernarrt in die Idee von dem,
was du vielleicht werden könntest.

Lass mich mutig genug sein,
für dich mutig sein zu können,
dass du genug Mut haben kannst,
mir genügend Mut zu machen,
ohne jegliche Demut.

Gib mir ein Ja oder ein Nein,
aber gib mir kein Vielleicht,
gib mir eine Füllung für diese Pralinenschachtel,
damit ich weiß, was ich bekomme,
und nicht neben Forrest Gump
auf einer Parkbank sitzen muss.

Gib mir deine Handflächen zum Halten
oder deine Stirn zum Angucken,
denn *ich kann meine Stirn nicht sehen*,
aber deine dafür umso besser!

Gib mir deine Schulter zum Anlehnen,
gib mir Beckenknochen auf und nieder,
auf und nieder, auf- und niederwippen!
Gib mir deinen Lieblingsspielplatz,
gib mir deinen linken Unterschenkel,
weil ich finde, dass es viel zu wenig
Unterschenkelfetischisten oder -ästhetisten gibt,
weil ich Waden sooo schön finde!

Und lass uns auf ästhetischen Esstischen und Teetischen
Essen und Tee auftischen und abwarten,
was wir auf den Tisch bringen,
ob wir *boomboomboomboomboomerang* sind
oder nur mal eben Stöckchen werfen und holen
und werfen und holen und

Plötzlich ist da ein neues Miteinander
Down Under the Bettdecke,
wo wir die Baumstamminitalien
unserer Neuigkeiten in Daunenkissen einritzen,
für die da draußen,
für die Möglichkeit, dass du und ich
vielleicht die Personalpronomszahl wechseln.

Ich verzweifel nicht an dir, ich verdreifel,
ich vervierfel, verfünfel, versechsel,
versächsel, versiebe es, verzettel mich,
verzettel dich, verzette dich, verypsilone dich,
verixe dich, verwichse mich,
das wird fleckig und letztlich nicht lesbar.

Ich versetze dich nicht,
versetze meinen Stuhl zu dir,
setze Verse und Sätze und weiß nicht ganz genau,
was ich denke und fühle.

Ich werde ein Oxymoron!
Ein Stilmittel, ein Gegensatz in sich,
wie *heißes Eis* oder *rotes Gras*.
Oxymoron ist Oxymoron in sich,
denn *oxy* heißt spitz und *moron* heißt stumpf.
Ich bin *oxy* auf dich,
und auch wenn das *moron* klingen mag,

So ist es, als würde ich von Franz Kafka
zu Leslie Gore mutieren, von einem
»Liebes Tagebuch,
ich habe mir heute mein Bein gebrochen.
Es war der schönste Tag meines Lebens.
In Liebe, dein Kafka«
zu einem
*SUNSHINE LOLLIPOPS *PLÖP* RAINBOWS EVERYTHING*
*THAT'S WONDERFUL IS WHAT I FEEL*
*WHEN WE'RE TOGETHER.*

Als würde ich mich eines morgens
aus unruhigen Träumen erwacht und mich
in meinem Bett zu einem ungeheuren Ungeziefer
der schönen Gefühle verwandelt wiederfinden.

Als wäre Extase über immer wieder
die gleiche Information von dir da,
als würde ich in Vor-Extase-Vorfreude
vorschwelgen über eine Information von dir,
als wäre ich froh darüber, dass du da sein könntest,
als wäre ich froh über dich, als wäre ich froh,
als wären ich und du ein ich und du

Und plötzlich ist da ein neuer Mensch und
vielleicht platze ich aus meiner Einsiedlerschale.

Vielleicht ist das Gegenteil eines Einsiedlers
nicht zwei Siedler, sondern zwei Vagabunden,
vielleicht.
Dabei will ich kein Vielleicht von dir hören,
vieles ist nicht leicht, wir sind nicht leicht,
das hier ist nicht leicht, Gefühle sind nicht leicht,
sich auf einen neuen Menschen einzulassen,
ist nicht leicht.

Dabei will ich ein williges *Ich will*
oder *nicht* hören, ich will
Fensterscheibenwischerspritzerklarheitstransparenz
ohne Schmierfilmfleckeneckendenkenkratzerkonsequenz.
Ich will einen neuen Menschen erleben können,
ich will, ich willich, will ich, will ich, willich, willich,
willig steh' ich vor dir.

Und ich sage plötzlich mal:
»Hallo, darf ich versuchen, meinen Wortschwall abzulegen?«

Und ich sage plötzlich mal:
»Hallo, darf ich versuchen, dich kennenzulernen?«

Und ich sage:
»Für jede Antwort, die nicht vielleicht ist,
die nicht leichtfällt, weil sowas nicht leicht fällt,
sage ich *mahalo* und meine damit *Danke*.
Für die Möglichkeit.«

Sven: »Eine Geschichte über die fertigen Bilder, die uns täglich in den Kopf gesetzt werden. Schauplatz: eine Couch in einer Wohnung in Gelsenkirchen. Hehe.«

# Ben & Jerry's-Test

Und bald ist unsere Nacht vorbei, du schnarchst leise neben mir und die Wolken werden langsam wieder Zuckerwattepink.

Vorhin, als unsere Nacht noch im Gange war (du verstehst, knick knack), kam ich ordentlich ins Schwitzen. Nicht nur der Sommer, die Nähe zu dir oder einfach nur du machen mich *dabei* (hihi) ziemlich kurzatmig, sondern auch meine Speckröllchen. Gelöffelt haben wir danach nicht, meine Güte, wir beide wären sonst sicherlich erstickt – denn nicht nur ich, die Nähe zu mir oder der Sommer machen dir zu schaffen. Du hast auch zugenommen. Ich stehe leise auf, damit du weiterschnarchen kannst, esse ein kaltes Stück Pizza von gestern Abend (jammi) und passe nicht mehr in meine Lieblingshose. Ich komme also zurück zu dir, immer noch in Unterwäsche, setze mich auf das quietschende Bett (wodurch du aufwachst) und wir machen das Gleiche wie jeden Tag: Wir schauen zusammen in die Glotze.

»Sollen die doch mal Miley Cyrus in Ruhe lassen«, fauchst du die Morgenmagazinbitch von Sat1 an.

Ich nicke.

»Ich mochte Hannah Montana«, sage ich, »aber stell dir ma vor, du hättest auch deine gesamte Kindheit damit verbracht, zwei Masken zu tragen – einmal die private und einmal die öffentliche –, und das auch gleich zwei Mal, einmal in der Fiktion und einmal in der Realität, du würdest sicher auch irgendwann quadroschizophren werden oder zumindest auf die Erwartungen der Öffentlichkeit scheißen.«

Du kicherst oder grunzt (ich kann das nicht immer ganz auseinanderhalten) und entgegnest mir, dass ich sicher nicht nackt auf einer Abrissbirne säße und einen Hammer ableckte, wenn ich ausflippen würde, sondern dass ich mich viel eher in einem Berg aus Pizza vergrübe und, um mich zu beruhigen, nach und nach die Fassade aufäße. Weil du meine Theorie über die neue, deutsche, männliche Hannah Montana, nämlich Cro, nicht hören willst, schalten wir um und Shrek läuft auf Super RTL. Ein dicker, hässlicher Oger, ein wirklich dicker und wirklich hässlicher Oger, kriegt die Prinzessin. Und sie verlieben sich und sie wird auch hässlich und dick. Das ist der übliche Gang einer monogamen, konventionellen, heteronormativen, gesellschaftlich akzeptablen Beziehung: Wenn man sich liebt, wird man faul, hässlich, dick. Und grün.

»Wusstest du«, fragst du, »dass Shrek den Bechdel-Test nicht besteht?« Und ich schaue dich verwundert an.

Du so: »Der Bechdel-Test schaut nach der Präsenz von Frauen in Filmen und hat drei einfache Bedingungen:

Erstens gibt es mindestens zwei Frauen mit Namen, die zweitens miteinander reden und das, drittens, über etwas anderes als Männer?«

Ich nicke, sage: »Voll cool, dass du das weißt«, und küsse dich auf die Stirn für dein dickes Gehirn. Du kicherst (oder grunzt – kein Plan).

Ob ich heute denn zum Training fahre, fragst du.

Entgegnen tu ich: »Nö.« Du nickst. Ob du denn heute zum Training fährst, frage ich.

Entgegnen tust du: »Seh ich so aus?« Ich schüttele den Kopf. Du nickst. Ich nicke. Wir sind voll süß beim Simultan-Nicken. Wir geben uns einen Eskimokuss.

Wir schalten um und auf Pro7 laufen die üblichen, verdächtigen Sitcoms. Niemand dieser Menschen ist echt, denke ich mir, niemand ist dick, keiner hat einen Bauch, niemand wiegt mehr als normal und ich wette, sie passen alle in ihre Lieblingsjeans hinein. Und wenn sie mal doch mehr wiegen, dann sind es immer nur witzige, dicke Stereotypen, die beim Essen oder Schwitzen gezeigt werden.

»Weißt du«, sage ich. »Wieso gibt es nicht auch einen Bechdel-Test für die Präsenz von Dicken in Filmen, Serien, Zeitschriften, Werbung oder generell Medien? Um zu prüfen, was für ein Körperbild vermittelt wird. Der hätte dann auch drei Regeln und ich würde ihn *Ben & Jerry's*-Test nennen, weil sich das auch immer um die Dicken kümmert.«

Du kicherst (oder grunzt – kein Plan) und sagst, dass die Regeln dann so bestimmt sind, dass es mindestens zwei dicke Frauen gibt, die miteinander über etwas anderes als ihr Gewicht oder Essen reden, und ich sage: »Nein. Männer können sich doch auch dick fühlen.«

Du küsst mich auf meine baconrote Wange, weil mir das peinlich war. Ich grüble.

Weißt du, du und ich, wir sind Gewohnheitstiere und wir haben keinen inneren Schweinehund, nein, wir sind verrückte Katzenfrauen mit 80 Katzen, nur dass es keine Katzen, sondern eben 80 Schweinehunde sind, die nicht in uns leben, sondern jeden Tag mit uns zusammen fernsehen. Diese alten Katzenfrauen kaufen sich Katze für Katze, um ihre Defizite – ihre Einsamkeit – auf ein anderes Objekt zu verschieben.

Wir beide, du und ich, sind nicht besser, wir alten Schweinehundehälter: Wir verschieben unsere Probleme auf diese kleinen Biester und rechtfertigen damit eigentlich alles. Faulheit, Fastfood und Fernsehen.

Ich glaube, im letzten Punkt liegt auch der Schweinehund begraben. Wenn wir nicht so viel Werbung schauen würden zwischen all den anderen Medien, die uns auch noch mehr eintrichtern, wie wir zu sein haben, würden wir uns vielleicht viel weniger im Unterton unwohl und dazu gezwungen fühlen, anders sein zu müssen. Dieser Einfluss von Werbung ist mir ungeheuer, denn sie verkauft nicht nur oder setzt Trends – Werbung entscheidet, was normal ist, was Erfolg bringt, verändert unsere Konzepte von Glück und Normalität und hinterlässt einen bitteren Nachgeschmack, wenn wir nicht der Süße der Norm entsprechen und der BMI am oberen, statt am unterem Normalrand kratzt.

Und egal, wie lange ich darüber nachdenke, bald ist auch unser Tag vorbei. Dieses Mal grunzt du sehr hart, weil ich einen Flachwitz erzählt habe (und nur du über meine Flachwitze lachst).

Wir teilen uns mit unseren Schweinehunden ein Karamelsutra *Ben & Jerry's*-Eis. Der Fernseher läuft endlich im

Hintergrund und der Abend tunkt unsere Szenerie in ein Curryketchup-Rot.

Weißt du, unsere Geschichte besteht vielleicht den *Ben & Jerry's*-Test, aber nicht den Bechdel-Test – denn ob du männlich, weiblich oder irgendwas anderes bist, habe ich nie erwähnt.

Und für unsere Geschichte und die Geschichte aller Menschen und für die Liebe ist es auch scheißegal, genauso wie auch unsere Bäuche egal sind, denn was wichtig ist, ist, dass wir uns mögen und uns lieb haben und die Nähe des anderen trotz der Hitze (oder vielleicht auch eben wegen dieser Hitze) suchen und unsere dicke, verschrobene Liebe und nicht die Präsenz oder die Quote von Dicken und Frauen. Aber erst recht nicht, was man uns sagt, wie und mit wem wir glücklich zu sein haben.

# Lila

ich will mich nicht beschweren
weil ich eh viel zu viel wiege

ich will leichte warme füße
damit ich ruhige pulse kriege

ich will gravitation
drück bitte auf kein zentri-pedal

lass uns das einmal langsam machen
sonst mach ichs morgen halt nochmal

ich will gucken und stupsen und tapsen
und lugen und wahrhaftig bleiben

ich will zeichen und zeilen und zeigen
und ich frage: wie wärs

mit uns beiden?

# Blau

lass sie ein mixtape einer band sein
die sich schon längst aufgelöst hat
die du mit vierzehn gehört hast
und kein weckerklingelton

mach sie ab und zu
auf und zu
lass sie nicht zu
aber auch nicht auf
hör sie dir an

sinn-sinniere über cincinatti und chicago
lass sie ein *weit weg* sein
nicht deine Postleitzahl
und schreib ihr, lass von dir hören

wie es dir geht, was du so machst
wie das wetter ist, von deinem leben
deinen freunden, deiner familie
deinen hobbys, deinen haustieren
deiner liebe und den gänseblümchen in deinen haaren

bla bla bla, liebe grüße, xoxo
und wenn du das alles nicht hast
dann wenigstens von deiner kraft

lass sie ein fass voll wein sein
lass sie nicht reifen
lass sie nicht schlecht werden
lass dich nicht einlullen
lass dir einschenken
bewahre sie dir
aber kenn dein limit

traurigkeit ist in ordnung
freundet euch an
lade sie zu dir auf einen wein ein
einmal weinen ein

und schaut euch postkarten an
aber bitte, bitte, bitte
höre auch wieder auf
und nicht auf die musik
die sie romantisiert

# Grün

ich hebe dich auf meine Schultern
(und du tust dasselbe mit mir),
wir kraxeln übereinander,
immer mit Handflächenräuberleiterhilfestellung,
dass wir über unsere Rücken aufeinander gelangen.

und eigentlich sollten wir dabei herunterfallen,
denn wenn du mich hebst und ich dich hebe,
ohne dass einer von uns noch den Boden berührt,
dann starten wir im Grunde genommen über uns hinaus.

mit den Händen im Einklang,
miteinanderwachsen,
bis wir die Stratosphäre erreicht haben.
und ich frage dich,
was ich sagen und wer ich sein will?
du sagst: »he she it, das s muss mit«.
wir sind albern,
das dürfen wir bei dem sauerstoffgehalt hier oben
auch mal miteinander sein.

# Gelb

für H.

Zahnräd'ner Zitteraal,
Taktik ist dir egal.
Bist stelzgliedrig, rehäugig,
stets deskriptiv, gutgläubig,
ein braun-kupfer Rauflupfer,
mein Auch-junger-Draufgucker,
mit Tik-Tak kein Hick-Hack,
lässt du dich nicht stressen.
Wir sind bunte Libellen.
Phonetikerin, du Imker in Lauten,
kritische Blicke in so jungen Augen
wie deinen sind selten.

Und wenn diese Farbe schon als Sünde gelte,
dann sei dir sicher,
dass da kein Neid ist,
nur Stolz.

# Orange

es herrscht ein komplexer stammbaum
zwischen pampelmusen und mandarinen
ihre kinder
sind grapefruits und pomelos und bitterorangen
und ihre enkelkinder zitronen und orangen

und es herrscht ein komplexes wurzelsystem
zwischen muse und mann
ihre kinder
sind texte und gedichte und inspiration
und ihre enkelkinder sauer und süß

und es herrscht eigentlich nicht wirklich ein bindeglied
zwischen pampeln und darinen
ihre kinder
sind schwarz und weiß und orange
und ihre enkelkinder heißen p(un/an)darine

zum glück herrscht ja eh nicht mehr so viel
in einer fruchtsalatwelt ohne mon(archie/-okultur)

# Rot

Die Erinnerung
verblasst
im selben Tempo
wie mein Bluterguss

doch ist
mein Mund
noch immer taub
von unser beider Zungenkuss

Und schmier ich
auch
um fremde Münder
viel zu gerne Zuckerguss

so weiß ich
auch
wenn ichs zu weit treib
ich irgendwann noch bluten muss

Das alles
kriegst du nicht mit
– Interesse for my Jugendstuss

hast du nicht

Wärst du doch nur einmal mehr
mehr als die Pointe meines Gedichts

# lilablaugrüngelborangerot

Sommer ist die Zeit der Regenbogenlebenswochen, wo in Massen auf die Straße gegangen und demonstriert wird, weltweit werden Leute politisch und aktiv und legen die Faulheit für drei Monate ab. Das alles ist bei weitem nicht mehr so politisch und aufbrausend, wie es einmal war, wo sich Dragqueens mit ihren Federboas, Trans*menschen mit ihren Safe Spaces und Personen jeglicher Hautfarbe mit ihrem Stolz in Szenekneipen vor Polizisten barrikadierten.

Heute ist Paragraf 175 abgeschafft, wenn auch nicht revidiert; heute gehen wir mit Plakaten, Diskussionen, Schildern und Schampus auf die Straßen, Christopher-Street-Day. Eine Paradeparallelgesellschaft, die mittendrin sein will und nicht daneben. Aufgeheiterte Gemüter, aneinanderscheuernde Lippen, aufgescheuerte Waden, bescheuerte Gegendemonstranten, Glitzer im Gesicht. Und nach ausgelassenem Feiern und Stolz-auf-das-Erreichte-Sein, wenn das orangene Firmament in die blaue Stunde übergeht, nachdem man allen einen schönen, schwulen Tag gewünscht (oder international: *vielen lieben thank und schönen gay, eh, day noch*) und seine Identität gefeiert hat, in einem Land, in dem das möglich ist, und falls man dabei doch umgebracht werden sollte, die Mörder als solche benannt und verurteilt werden, also, größenteils, also, jedenfalls, nachdem man seine Rechte nun wahrgenommen hat, geht es zurück, zurück in die echte Welt.

Man überhört Männer, die sich nun fragen, wie sie am besten die Tusen anlabern, und die *After-CSDepression* macht sich breit.

(Wobei man aufpassen muss, das after schön englisch zu betonen, sonst bietet man Raum für die Vorwürfe der Übersexualisierung unserer Kinder von Demonstranten, die sagen, diese »Demo für Alle« in Stuttgart sei für alle Menschen, aber nein, die Demo ist nur für Leute, die immer wieder den Unterschied zwischen Toleranz und Akzeptanz erklären wollen, mit ganz stark vehementen Bauchschmerzen und Beschwerden, wenn es darum geht, Menschen ihre Mündigkeit schon etwas früher als dem achtzehnten Lebensjahr zuzusprechen, was ihre Identitätsentfaltung angeht. Nö. Mutti Müller will nur Heterokinder haben).

Dann ist nur noch ein Bruch des Farbspektrums gültig.

Nur noch eine Variante in Ordnung, nur noch ein Blickwinkel zulässig. Und alles abseits davon ist Grippe, irgendwie schmutzig, irgendwie olfaktorial unangenehm, aufreizend, reizvoll, aber vor allem reizend für die Nerven der Leute, die die Normalität definieren, die Normalität hat aber einen Ruck verdient. Ich wünsche mir eine Entschleunigung der Rechten, aber keine Entschleunigung unseres Rechtskampfes, und meine Beine und Gedanken tragen mich nicht weiter als zum Vierersitz dieser S-Bahn, nicht weiter als auf den Platz, der deinem direkt schräg gegenüber liegt.

In der echten Welt darf ich dich jetzt nicht angucken und grinsen.

Wobei, doch, klar, das darf ich, niemand sagt, es sei verboten, nur weil wir beide vermutlich des gleichen Geschlechtes sind.

Die unbeteiligten Zuggucker-Zugucker haben dabei dann nur ein sehr schlechtes Bauchgefühl. In der echten Welt darf ich meine Schuhe ja auch nicht auf die Sitze gegenüber legen, um meine Waden zu entspannen. Das würde die anderen auch stören.

Das eine ist Konsens einer Gesellschaft und wird getadelt, das andere ist einfach nur asozial.

Aber wenn unsere Straßen, Schuhe, Sitze und Hosenböden sauber wären, dann dürfte man sich in der Bahn wie Zuhause fühlen und dort auch mal die Füße hochlegen und sagen, ja, jetzt, nach diesem 72-Stunden-Tag bei 38° Celsius in der Sonne, ohne eine einzige Dusche, jetzt, in diesem Moment danach, ziehe ich wahrlich meine Schuhe und Socken aus. Und dann sagen Leute, dass sie das ja schon gerne zuhause tun, wenn niemand gucken und riechen kann, aber nicht wenn andere Menschen da sind. Wenn unsere Köpfe, Gedanken, Herzen und Hände sauber wären, dann dürfte ich dich auch angucken. Darf man also nicht andere Menschen des eigenst angehörigem Geschlecht angrinsenflirtengucken, wenn andere Heteros da sind?

Die Türen der S-Bahn schließen sich nach einem langen Fiepen und der Waggon setzt sich in Bewegung. Alles immer nur am besten hinter verschlossenen, versteckten

Türen, alles immer nur durch ein Hintertürchen, am besten auch immer nur Sex haben, wenn die Freunde gerade nicht zu Besuch sind, Füße hochlegen und Schuhe ausziehen, wenn die Leute nicht gucken oder riechen können. Schwul unter Schwulen sein, da, wo es eben hingehört, weil *die dürfen dat ja machen, aber isch, janz ehrlich, muss dat ja nisch sehn*.

Aber das ist doch blöd. Liebe sollte man viel öfter sehen. Emotionalität. Küsschen. Umarmungen. Zuneigung. Unter Freunden wie unter Liebenden. Vielleicht würde mein Verhältnis mit Freunden viel enger werden, wenn wir uns gegenseitig einladen, um dann nichts miteinander zu tun, sondern nur in getrennten Räumen nebeneinander Sex haben, um uns dann beim Abendessen zu erzählen, wie unser respektiver respektierter Partner uns glücklich gemacht hat und wo noch Verbesserungspotential liegt. Unser Verhältnis würde enger, wir aber nicht! Ich meine, das ist doch die Quintessenz von Pärchenurlaub.

Und woher sollte ich jemals wissen, ob ich nicht den Schweißfußsockengeruch habe, der Aidskrebs heilt, wenn man ihn nur lang genug inhaliert? Habt ihr das schon mal versucht? Nein! Habt ihr nicht! Und woher soll ich nicht wissen, dass diesem cuten Typ, der seine Mütze ins Gesicht und sein Gesicht in eine Zeitung gezogen hat, dieser Wagen mit Heteronormativität nicht genauso auf den Zwirn geht wie mir?

Und wenn ich ihn nicht frage oder ihn nicht angrinse, dann werde ich es auch nicht wissen. Deshalb schmachte ich ihn ein bisschen an, er guckt, und ich sage:

»Hier, riech mal.«

# ultraviolett / 302

kleine Menschen schreien
ein Mensch im Rollstuhl überfährt
die Füße der anderen Fahrgäste
der Sitznachbarmensch und ich fühlen uns nicht gästlich
wir halten es nur mit Kopfhörern aus
ein betrunkener Mensch lachweint
müde Menschen gucken verurteilend
der Rest guckt in die Hände und
spricht durch seine Daumen mit Menschen
die man gern hat
Alte Menschen sprechen durch ihre Zeigefinger
etwas langsamer, aber immerhin
sie sprechen stumm und buchstäblich
und ihnen wird zugelesen

der Himmel ist schön beim Sonnenuntergang
ein paar kleine, schwarze Fleckchen fliegen vorbei
sonst sieht alles irgendwie schön aus
da oben

Sven: »Teil II einer Trilogie.«

# Lost in Translation

Mir liegt Nostalgie auf der Zunge
in Flaumkonsistenz einer kargen Nacht,
sie schmeckt süßsauerbittersweet,
was Schürfwundengeruch eben so mit mir macht,
sie hat eine zarte Textur, ein Film aus Unschärfe-Sepia,
gibt mir keine Zeit, auch trotz kaputter Uhr,
und sie fühlt sich an wie irgendwas, das fehlt.
Aus einem *Irgendwann werden wir Interrail machen*
wird ein *Was du wohl so gerade machst*,
und *Ich verzeih dir* switcht zu *Ich verzieh' mich*,
und wir sind nur noch einen Klick voneinander entfernt
und ich denke *Lass uns das one anders machen,*
*two mir den gefallen, three, four.*
*Five auf die Regeln, six, seven,*
*es ist viel zu l-eight dafür, geht das ten?*
*Nein. Eight.*
Und ich stottere im Kopf.

Auf meinen Schultern streiten sich Ernest Hemingway und eine starke, schwarze, unabhängige Frau darüber, was ich hier eigentlich zu suchen habe.

Und Ernest guckt *örnst*, schüttelt krude den Kopf und exklamiert: »Die Leute wissen doch, wie schlecht das Leben ist. Als Schriftsteller hat man die Verantwortung, ihnen einen Moment, vielleicht nur einen winzig kleinen Moment Unsterblichkeit einzuflüstern.«

Und ich entgegne: »Ach Hemingway, du Selleriegewächs, halt deine wunderschöne, stilisierte und pointierte Fresse. Du kannst vielleicht Geschichten mit sechs Worten schreiben, aber was kannst du mir von irrationaler, adoleszenter Liebe erzählen?«

Und ich würde ihn grimmig angucken und besonders darauf achten, dass mein Vokabular elaboriert genug für ihn wäre, einfach nur, um ihn anzupissen, weil Hemingway bekanntlich ein Fan von klarer und reiner Prosa ist.

Und die starke, unabhängige, schwarze Frau (die gar keinen Mann braucht) wütet und schreit herum, dass das ja nicht ginge und überhaupt, für Gefühle könne man doch nichts, wobei sie Ernest am liebsten prosaisch aufs Maul geben würde. Und Hemingway und sie streiten sich über Daseinsberechtigung von Schmerz, von Pathos, und sie verstehen sich und sie tun es nicht.

Sie schreit: »Understand me!«

Und er sagt: »Untersteh dich.«

Und ich stehe dazwischen und versuche, zu dolmetschen, und ich empfinde Rechtfertigungszwang und ein bisschen Scham vor meinen eigenen, stereotypisierten Engelchen und Teufelchen. Wer was ist, weiß ich gar nicht. Der Luftzug hat alle Textfenster- und Türen zugeknallt, alle Tabs gelöscht, alle Chroniken gesäubert.

Da ist die Seite der unabhängigen, starken, schwarzen Frau, die mir das Gefühl gibt, als wäre ich ein wenig grundüberfordert mit allem, als wäre ich das letzte Stück Toilettenpapier und hinge an der perforierten Stelle, kurz davor, einen Mufasa-Titanic-esquen Sturz auf den Fliesenboden zu vollziehen.

Da sind Taschentuchtoilettenpapiermarkenmuster von *HappyEnd* und hängende Mundwinkel ob des Kopfüberhängens, Salz auf den Schläfen vom Seitwärtsflennen und so viel Präteritumsbetone mit dem Konjunktivsgepose auf der einen Seite.

Und da ist die Seite von Hemingway, bei der ich das Gefühl habe, ich müsste glücklicher, freier und unabhängiger werden wie die Frauen in Tamponwerbungen, die lachen und in weißer Kleidung auf Wiesen herumhüpfen, Salat essen, abnehmen, ihre Wände streichen, Zähne bleichen, doch dann fällt mir auf, dass ich in den prozentualen Anteil der Bevölkerung ohne Menstruation geboren wurde und dadurch doch erst recht glücklich werden sollte, und fühle mich noch schlechter, weil ich, obwohl ich mich doch gut fühlen müsste, es nicht tue.

Es gibt DDR-Tapetenmuster-T-Shirts und Pastellfarben-T-Shirts, Erdtöne-T-Shirts und Männer mit Vollbärten, Frauen mit Vollbärten, Kinder mit Vollbärten, alle haben Bärte und ich habe Löcher im Bart, die Welt ist ungerecht.

Da sind Männer mit Dutt, Frauen mit Dutt, und ich bewundere, dass man heute alles tragen kann. Jemand näht einen ausgestopften Gnu-Kopf auf einen Pullover und alle so: »Hmm, ja, Mode.« Ich dürfte auch tragen, was ich will, aber alles, was ich trage, riecht lumpig und zerfräst auf der anderen Seite.

Und ich verstehe beide Seiten, aber kann mich nicht entscheiden, nur eine zu wählen. Ich bin ein graues

*Solala*-Kind vom Planeten Ambivalenz in einer schwarzweißen Kastenwelt und der weise Hemingway und die starke, schwarze, unabhängige Frau, who don't need no man, werfen mittlerweile Geschirr an meinen Hörkanälen vorbei. Ich verstehe Hemingway, der seinen Anspruch so hoch steckt, dass man über keine Probleme mit Leichtigkeit mehr reden dürfte, nur vergisst er, dass er dabei so ultra elitär wird. Und ich verstehe die unabhängige, starke, schwarze Frau, die keine Grenzen für Kunst braucht, keine Formalia, keine Systeme, und beide stehen sie auf meinen Schultern und streiten und zanken und ich bin schon immer in diesem Wirrwarrwind zu federig gewesen, in dieser Gleichung zu windschief.

Ich muss mir ein hartes Fell wachsen lassen, darf meinen Sanftmut aber nicht vergessen.

And I understand both languages but cannot choose to speak just one.

Und ich verstehe beide Sprachen, und kann mich nicht entscheiden auch nur eine richtig zu sprechen.

Und ich nachvollziehe beide Seiten.

Mir liegt Nostalgie auf der Zunge.

Und ich brauche Fenchelhonig auf meine Melancholie gebechert und auf meinen Pathos brauche ich Zuckerstreusel geteert und auf meine Apathie brauche ich eine große Ladung sharing and caring, auf meiner Zunge süßsauerbittersweetness und überhaupt brauche ich irgendwas, das bleibt. Aus einem *Irgendwann werden wir miteinander alt* wird ein *Wie alt warst du noch gleich*, und *Ich verzeih dir* switcht zu *Ich verzieh mich*, und wir sind nur noch einen Klick voneinander entfernt, eine wohlüberlegte Nachricht, ein Zaudern und Zögern und Formulieren, um nicht zu wollend zu wirken, Hemingway unterbricht den Streit und schaut mit Horror auf meiner Finger, denn nach langer Kontemplation schreibe ich dir:

»Ich weiß, dass Hemingway nicht stolz auf mich wäre, aber das Angebot steht: I know of a flat you could crash at, but my crush on you will like a stain in meinem brustkorb stayen auch wenn du meinem brustkorb einen brustkorb gabst.

Ich will einfach nicht, dass es endet, und ich will nicht, dass es einfach endet.«

Und drücke auf Enter,
lasse den Bildschirm in mein Gesicht leuchten,
höre die Stille auf meinen Schultern
und die Umarmungen an meinen Ohrläppchen,
dass ich mich auf keinen Fall alleine fühle,
und sie versprechen mir,
dass sie für mich aufräumen,
aber ich bin nicht im Hier und Jetzt
und erwarte keine Antwort,
und fühle, dass es okay ist.
*Nine, vielleicht ist es nicht zu l-eight,*
*seven, six, five auf die regeln,*
*four-sicht, three,*
*two mir den gefallen und*
*two, was du für richtig hältst,*
*einfach nur dieses eine Mal.*

Sven: »Teil III einer Trilogie. 1. März. Nietzsche sagt: Gott ist Tod. Der Antifa-Sticker, der an meiner Haltestelle klebt, sagt: Gott ist Punk. Die Mathematik brachte mir bei, zu kürzen.«

# Punk is Dead.

1. März

Mir ist vieles vorgeschrieben und beigebracht worden.

Das ist, so glaube ich, der Hauptgrund dafür, dass in mir gutbürgerlichem Sohn eine Liebe für *das Verbotene* keimte. Ich fühlte mich linksextrem, als ich betrunken ein Herz in der Größe meiner Faust mit meiner linken Hand an die Wand taggte. Betrunken gehen Leute mit ihrer Liebe offener um, so auch ich. Kein Wunder also, dass die Punkkutte, die Jeansjacke, das Jugendzentrumsmusikohrgetöse nicht tonlos an mir vorbeigingen, dass ich die Beckspilsweizenglasscheibenschaumkrugkrux nicht ignorierte, die Kaliskaya- und Brinkhoffsscherben auf den grauen Vierecken, von Moos und Schmutz getrennt, auf Blickfang meinen Blick einfingen.

Die Rampen still, niemand kracht, die Ruhe vor dem Ansturm, nur Skateboards, Flaschen, Autos und Vögel und ein Laubgebläse weiter weg hintersounden den Schauplatz. Die Sonne guckt schüchtern und ich sitze.

Dein Affenkopfbobbeln fehlt mir, darum bin ich hier, du vergisst mich nicht und ich vergess dich nicht.

Ich habe blechrote Wangen ob der Sinneseindrücke, rotschwarze Karohemdbleichpullover, pull over, pull out,

Verhütungsmethodenreminder, Kleidung als Statement für Meinung und Schirmmützen, Zebrahosenmustermusterung, Rasierterseitenschädelscharlatan bandlogoärmellos – Leinen los, hemmungslos, deine Hände an Gitarrengriffflinkfingerfinesse.

»Beim Pogen und Knutschen wird Homo Sapiens Sapiens bluten«, sagt das Mikrofonkrächzen, oder so etwas Ähnliches – ein Kaliskaya Gorbatschow, des Wodkas reiner Seelenhandel Rausch. *Refugees welcome capes* im Hitzewind der Bassanlagen, auslassend rauslassen, aus *Alterta* und *Antifascista* haben wir unsere Ziellosigkeit verloren.

Und ich mit offenem Mund hier vor dir, ich weiß nicht, ob wir Freunde bleiben könnten, wenn du es wollen würdest und ich noch nicht kann. Irgendwann ist einer deiner Buttons abgefallen, ich weiß nicht, ob es der einer Band oder einer Bewegung war, aber unabhängig des Inhaltes und der Aufschrift hast du dich beim Aufheben an der Form, an der Nadel gestochen.

Ich erinnere mich an unsere erste Handbremse, weil ich auf dem Weg zu deinem Schritt an deinem Jackenreißverschluss in Brusthöhe hängen geblieben bin und die kreuz-krausigen Locken an deinem Torso mich mehr lockten als dein nackter Körper, mir deine Nackenhaarpulsschlagadervibration mehr antwortete als jedes In-dir-Sein, weil du meine Pupillen mehr weitetest als jede Droge, alles die Toilette runtergespült, weil deine Augen mehr sagten, als unsere Lippen aufeinander gepresst in dem Moment hätten sprechen können.

Wir sind nichtsdestotrotz übereinander hergefallen und mir ist eingefallen, dass ich dir nicht verfallen wollte.

Das ist wie in Disneyland, egal wie unschön das hier in echt auch aussehen mag, so fühlt es sich doch genauso an, so magisch, so als würde Zuckerwatte vibrieren. Und ich hätte meine eigene Zuckerwattemaschine, die ich mit deinen Worten füllen könnte. Deine Nase tanzt und dein Blick ist vernebelt und wach und deine Oberlippe wackelt immer ein bisschen wie bei Ned Flanders, wenn du grinst, und hätte ich so einen Bart wie er, er würde mir vor Gänsehaut immer abstehen, wenn du dich so freust, es wäre eine Kinn-Kinn, Win-Win-Situation.

Chin-Chin prosteten wir uns mit Molotowcocktails zu, ich habe vergessen, wie schlecht billiger Wodka schmeckt, und würde gerne mehr vergessen, also kippe ich ihn runter. Da sind kahle Bäume neben sprießenden und es lebt alles wieder, also zwinge ich mich auch zum Leben.

Alles brennt, wieso wir nicht?

Der Kaliskaya ist meine Photosynthese und das Brinkhoffs ist mein Chlorophyll, meine Luft ist Schweiß und mein Haupthaar ist so oder so grünes Gestrüpp. Grün ist Hoffnung, deshalb habe ich mir mein ganzes, verbliebenes Matt-Khaki zusammengekratzt und über mich geschüttet und bin punk mit meinen kreidgrünen Haaren.

Wir sind *anti alles für immer* und gehen in ranzige Schuppen und schreddern auf Instrumenten, mit denen wir die Welt verändern, in Jugendzentren in Klein-Kuhdorf-Kaff-Hausen, die mit staatlichen Mitteln gefördert werden.

Und dann stehe ich vor dir und du fragst mich, ob ich grüne Haare hätte, das »Warum eigentlich« überspringst du, weil das zu meinen Augen passe, ja, wenn mein

Körper ein Tempel wäre, dann stützten ihn Wirbel-Säulen, und für Blauäugigkeit sind meine Augen zu grün, ich antworte: »Fehlt dir mein Grün nicht?«

Und kann mit jedem Wort, das ich sage, nur eine Schüppe mehr auf mein Grab schaufeln als vorher und jedem Wort folgt nur mehr Unfug in unserer Kluft, alles wird voneinander entfernt, und du fehlst mir und nichts, was ich aktiv mache, ent-rasiert deinen Schädel und du fehlst beim Klettern über Zäune.

Ich stehe vor dir und du fehlst mir und weil du mich berührt hast, bin ich gelb geworden – Neid sieht nicht gut aus.

Ich brauche einen Kumpanen mit weiten Armen, ohne Salz, ohne Tequlia, ohne saure Äpfel, in die es zu beißen gilt, ohne Säure, die aus Zitronen quirlt, ich brauche eine Schulter, einen Oberarm und ein Gesicht dazu, das deins ist.

11. September

Die Nacht ist lang und schmeckt nach Alkohol, Absolut, ohne Kaliskaya und dich.

Die Bibel sagt: »Ehebruch ist eine Sünde.«

Der Satanismus sagt: »Nur Sex, wenn dein Partner es auch will.«

Das Internet sagt mir die fünf krassesten Scheidungsgründe und dass ich mit dem dritten nicht rechnen würde. What is love?

Ich will nach dir schmachten,
ich lechtze nach Scherben und dem,
was ich kenne, wie es doch danach sein muss,
ich will, dass du mich begeisterst in meinen Kapillaren,
und ich bin von mir enttäuscht, als wäre da Streitlust.

Ich habe mir beigebracht und vorgeschrieben, dass ich aufstehen kann, dass da immer ein bisschen Weltschmerz und Pathos in Liebeskummer ist, dass da eine Schönheit von ausgeht, ein Gefühl, in dem man sich suhlt und ertränkt.

Und dann sitzen wir an Fensterbankrändern
und sprechen von diesem und jenem,
ha'm viel zu erzählen
und wir gucken ähnlich
wie vor ein paar Monaten.

Frisch vertraut, verdrogt, verkopft, verschossen.
Finde den Fehler.
Da ist kein Schmachten in deinem Blick,
da ist Zufriedenheit,
keine Sehnsucht,
kein Verlangen.

Wir sind gesättigt voneinander,
glaube ich,
da ist kein Hunger mehr aufeinander,
nur noch Appetit.
Ich esse dich niemandem weg,
du bist schön,
auch ohne bunte Haare hast du
den buntesten Kopf, den ich kenne.

Und ich bin enttäuscht von meinem Abspann,
du bist Grandeur,
dein odeur, tes yeux, tes oreilles,
was Wahres und Echtes.
Und ich habe in meinem Kopf gesprochen,
viel lauter als gedacht,
wie du in meiner Nackenmembran saßt
und meine Gänsehaut steuertest,
und jetzt, wo ich dich sehe,
scheint der Posten unbesetzt.

Ich bin glücklich, dass du glücklich bist,
Traurigsein wär heut Abend leicht.
Und wir küssen und freunden uns neu an,
ich bin froh, dass vielleicht einmal reicht.

# Masken

Und ich weiß nicht, wo die Sätze anfangen oder aufhören und wo sie herkommen, warum sie sind, warum ich bin, das alles ist und wo das hinführen soll und warum da eigentlich Stroh liegt, ich aber gar keine Maske aufhabe, und ich frage mich, warum irgendwer gerade einen Text darüber schreibt, dass wir doch alle eigentlich Masken trügen und sie abnehmen müssten, um uns als wer wir wirklich wären zu erkennen, dafür, dass wir auch gar nicht abnehmen müssten, weil wir alle perfekt wären, wie wir seien, also alle, außer man selbst. Und da sind so viele Dinge, die ich wissen wollen würde, wie ...

Gibt es bereits vergleichende Studien zwischen Wahlbeteiligungen bei Kommunalwahlen und Wahlen bei der *1LIVE-Krone*, dem größten Radioaward NRWs? Wenn die Wahlbeteiligung bei Letzterem höher ist, sollten Politiker nicht lieber freshe Mixtapes droppen und anstatt Podiumsdiskussionen Battleraps, Konzerte und Bandcontests veranstalten? Könnte ich dann ein T-Shirt mit dem Gesicht meines Oberbürgermeisters Thomas Eiskirch tragen und alle fänden es relativ cool, so cool wie man einen Oberbürgermeisterkandidaten überhaupt finden kann?

Würde Cro einen guten Oberbürgermeisterkandidaten für Bochum abgeben? Würde er parteilos antreten, würde er sich als Parteikandidat der Partei *DIE PARTEI* aufstellen lassen und würde es ihre Popularität bis ins Unendliche steigern, weil sie ohnehin schon sehr gut ist? Geht Cro wählen? Würde die Herabsetzung des Wahlalters auf 16 Jahre immense Auswirkungen auf das Wahlergebnis von Cro haben? Würde er in der *Bravo* Werbeanzeigen schalten? »I want you to vote for Cro!«? Warum hat Cro eine Maske auf, ist er in Wirklichkeit Manuel Neuer? Was sind seine Hoffnungen und Wünsche, geht Cro sorgfältig mit seinem Ersparten um, wovon träumt Cro, träumt er nachts wirklich nur von mir und nennt mich Babe?

Da sind zu viele Fragen in meinem Kopf, die beantwortet werden wollen, denn ich will so vieles wissen und ich weiß, dass ich nicht so viel weiß, aber ich weiß, was Anagramme und Palindrome sind: Anagramme sind Worte, die dieselben Buchstaben haben (*Ampel – Lampe – Palme*), und Palindrome sind Worte oder Sätze, die vorwärts wie rückwärts gleich gelesen werden können (*Vitaler Nebel im Sinn ist im Leben relativ*), und Obacht:

Nicht jedes Anagramm ist ein Palindrom, aber jedes Palindrom ist ein Anagramm.

Das ist ein Satz, den ich mir selbst ausgedacht habe, ich bin der Erste, der ihn jemals gesagt hat, und ich will Postkarten mit diesem Spruch in kursiv und einer hübschen Schriftart gedruckt bekommen, damit ich allen Menschen zeigen kann: »Guck mal! Ich weiß etwas. Schaut her! Ich habe etwas getan!«, und dann, dann kommen da Leute, die auch gedacht haben, sie hätten als Erstes den Witz mit passierten Tomaten und *happened Tomatoes* gemacht, und die sind dann ganz enttäuscht oder wütend oder fangen an, auf die Straßen zu gehen und pro-TTIP zu sein, damit das Internet abgeschafft wird und niemand je wieder einen Witz machen kann, bevor sie und ihre witzigen Verwandten das täten, und ich weiß nichts über TTIP, außer dass ich gedacht habe, dass die Eigenmarke eines bekannten Einzelhändlers einfach ein weiteres T vorgesetzt bekommen hat, und ich frage mich, wie eigentlich Hannah Montana diesen ganzen Druck ausgehalten hat, in zwei Welten zu leben, und ich stelle mir vor, wie dumm die Leute in ihrer Welt waren, dass sie Miley Cyrus nicht erkannt haben bis zu dem Zeitpunkt, an dem sie ihre Perücke abnimmt.

Ich weiß, dass ich mit 14 in *Hannah Montana – der Film* gegangen bin, um Antworten auf meine Fragen zu bekommen: »Warum macht sie das?«, »Warum liegt da so viel Stroh in Montana rum?« und »Wow, sind die Leute wirklich so blöd oder ist das einfach nur schlecht geschrieben?«.

Aber letztlich ist Hannah Montana auch nur ein Anagramm von Cro und ich könnte genauso gut sagen, dass ich Cro wäre, weil er und ich noch nie gemeinsam in einem Raum waren, aber vielleicht ist auch einer von euch Cro, ich weiß es nicht, er hat immer eine Maske auf!

Wir haben alle Masken auf.

Und ich fühle mich wie ein kleines Mädchen, dessen Finger vor Bedeutungsschwangerschaft die Fruchtblase platzen lassen, wenn sie das erste Mal schreibt, dass wir alle Masken trügen und wir unsere Masken abnehmen sollten, damit wir sehen, wer wir wirklich sind, weil sie glaubt, ihre Gedanken seien einzigartig, aber wenn sie das schon nicht sind, dann sind ihre Gedanken trotzdem berechtigt, denn vielleicht würde sie Cro dazu bringen, seine abzunehmen, um endlich zu zeigen, dass er die ganze Zeit über wirklich Manuel Neuer war, und er würde endlich Hannah Montana die Perücke abreißen, sie würden knutschen und zusammen würden sie ihr maskenfreies Leben in dem Kabinett von Bochum verbringen, bis Thomas Eiskirch irgendwann sagt: »Buuh, die Buchstaben von Cro und Hannah Montana ergeben gar kein Anagramm!«

Aber bevor er das schreien kann, ist auch schon wieder so viel passiert, dann ist plötzlich 2024, ich bin 29 Jahre alt und darf endlich in meine Abiturklausuren gucken. Und ich sehe, dass ich in meine Pädagogikklausur über die Aufgabe »Fassen sie in groben Zügen die These von soundso zusammen« eine böse schauende Lokomotive gemalt habe und dass ich mich in meiner Matheklausur, die ich mit einer zwei bestanden habe, also einer zwei von fünfzehn Punkten, nicht den Aufgaben gewidmet hatte, sondern die Fibonacci-Folge gezeichnet habe, das ist 1,1,2,3,5,8,13,21,34 undsoweiter, und sie ergibt wunderschöne Muster, die man ausmalen kann.

Da sind so viele Gedanken, die ich florieren lassen möchte oder einem Floristen namens Florian Florensen[1] aus Florida geben, damit er sie gut aufzüchtet und mir guten Dünger für sie gibt, ich würde meine Gedanken dann nicht mit Kot einreiben, aber metaphorisch wäre das sicher ganz lieb von Florian, und er würde sich erkenntlich zeigen, indem er mich endlich in das Geheimnis des Strohs

---

1 Florian Florensen © Coldmirror, all rights reserved, 2010.

einweiht und warum es genau dort läge, aber bevor ich mich nach der Maske erkundigen könnte, würde er auch schon *Alarm, Alarm* schlagen, denn wenn Gott eine Tür schließt und ein Fenster aufmacht, dann zieht Buddha den Teppich unter deinen Füßen weg und Jesus streicht die Wände mit Weinrot, weil er sonst keine anderen Farben kennt, und es würden sich mit jeder beantworteten Frage noch mehr Fragen auftun, das ist ein rekursives Modell und kann nicht nochmal so eine wunderschöne Auflösung wie bei Cro, Hannah Montana und Manuel Neuer sein, alles ist nur eine temporäre Antwort, bis es eine bessere gibt. Warum da Stroh liegt, hat mir Florian erzählt, aber Sinn ergeben ist so unglaublich schwierig, wenn man nicht weiß, woran man glauben soll, weil Sinn und Bedeutung ja irgendeine menschgeschaffene Sache sind, wie Zeit, und könnte man überhaupt durch die Zeit reisen?

Könnte man dann nicht auch durch das philosophische Konstrukt der Liebe, der Freundschaft und Bedeutung vor- und zurückreisen? Durch Identitäten? Durch Masken?

Könnte ich mit einem speziellen Gerät auch durch Hannah Montana reisen?

Da sind so viele Worte in meinem Kopf und so viele Fragen und so wenig Zeit und viel zu wenig Anagramme und Palindrome.

Und ich würde sehr gerne behaupten, dieser Text sei ein Palindrom, aber dann müsste ich von vorn anfangen oder lügen. Woher kommen meine Fragen, wo finde ich Antworten, woher kommt Bewusstsein, habe ich vielleicht einfach nur Stroh im Kopf und warum fühl ich mich nicht so frei und »bezahl die erste Runde mit nem Handschlag ab, wenn ich Samstagnacht langsam wach werde« (*Zitat*

*Cro*) und warum ist das alles so und nicht anders und wieso und warum ist Bewusstsein ein Strom?

# Hallo, ich bin Sven und ich habe ein Problem

»Du musst deinen Hintern in die Vergangenheit bringen«, sagt Pumba.

»Meinen Hintern? Meinen Hintern kann ich nicht in die Vergangenheit bringen«, sage ich. »Der lebt doch im Hier und Jetzt, zusammen mit mir, und ich mag meinen Hintern, er soll bei mir bleiben!«

*Ruhig, Brauner.*

»Aber Pumba«, korrigiert Timon. »Es heißt, man müsse seine *Vergangenheit HINTER sich bringen*.«

Es heißt, du musst deine Probleme anpacken und auspacken und einfach darauf hoffen, dass dein Weihnachtsgeschenk dieses Mal wirklich nicht schon wieder radioaktiv ist. Ich finde: Es gibt vieles, über das man reden kann, und es gibt vieles, über das man reden können sollte, es gibt vieles, über das man reden können müsste, und es gibt vieles, über das man reden können muss, wie über Probleme, besonders über Probleme, die man selbst hat, damit die Nichtproblemhaber verstehen und die Problemhaber sich verstanden fühlen.

Probleme, so wie die absolute Gewissheit, dass mehr Leute den Tod von Grumpy Cat betrauern werden als den eigenen, Probleme wie Essen als »hübsch!« und Menschen als »lecker« zu bezeichnen.

Probleme wie morgens aufzuwachen, sich wie eine Disneyprinzessin zu fühlen, die Fenster weit aufzureißen, sich über die Ballustrade zu lehnen, zu singen und damit einen Vogel sterben zu lassen.

Probleme wie morgens nach dem Trinken aufzuwachen und sich zu denken: »Ich habe nicht besonders gut auf meinen Elektrolysehaushalt geachtet.«

Probleme wie der einzige Junge in der Klasse gewesen zu sein, der *Pokémon*-Karten hatte, und alle anderen spielen *Yu-Gi-Oh*.

Probleme wie die Tatsache, niemals *Star Wars*-Fan gewesen zu sein, weil der eigene Vater einem den Spitznamen »Svanakin Skywalker« verpasst hat und man einfach keine emotionale Beziehung zu dieser Serie aufbauen konnte.

Probleme wie wenn die Nippel immer ein kleines bisschen aus den Oberteilen herausstechen.

Probleme wie manchmal ein klein wenig zu schnell reden.

Probleme wie wenig Selbstbewusstsein, Probleme wie Schüchternsein, Probleme, die ich vielleicht irgendwie irgendwo habe.

Ich will aber nicht als mein Problem definiert werden, sinnentleert als Mensch, denn dann folgen da Schlagzeilen wie: »Depressiver bringt Buch raus«, »Türkin gewinnt beim Jugend-Forscht-Preis« und »Frau bekommt hohe

Stellung bei – keine Ahnung – *Heckler & Koch*«. Und ja, ich habe Stellung und Frau in einem Satz gesagt, aber Menschen sind doch viel mehr als ihr Geschlecht, ihre Herkunft und ihre Probleme.

Und je öfter ich das Wort Problem
in den Mund nehme,
desto komischer schmeckt es,
denn ein Problem ist ein Problem,
ist ein Emblem auf meiner Brust,
ein Diadem auf meinem Kopf.
Und hab ichs auch hier drin
schon längst gewusst,
so hätt ich hieraus sehr gerne gekotzt.

Denn ein Problem ist nur Problem
und wie ichs sage, will ichs auch meinen:
Menschen können Probleme haben,
aber niemals Probleme sein.
Und je öfter man als Problem gesehen wird,
und je öfter man als Problem gesehen wird,
und je öfter man als Problem gesehen wird,
desto geneigter ist man auch, zu glauben,
dass man Ekzem ist, Phänomen ist, ein Problem ist.
Ein Problem ist ein Problem,
ist ein Problem, ist ein Problem, ist ein ...

Du –
es gibt Menschen, die besser sind als du.
Und es wird immer Menschen geben,
die besser sind als du.
Und es wird immer Menschen geben,
die besser darin sind,
du zu sein,
als du.

Es gibt auch bessere Wege, mit Problemen umzugehen,
als mit sich selbst in der zweiten Person zu reden,
als stündest du, statt in dir sitzend, in der ersten Reihe
und müsstet dir das Gezetere von dir selbst antun,
über Fremdzuschreibung und Vorurteile
– und dann klatschst du dir selbst zu.
Und denkst dir insgeheim »Meh«,
als gings nicht egaler und dir am Arsch vorbei.

Aber du,
du bist eben nicht deine Meinung,
du bist auch nicht dein Körper,
du bist keine Straßenparolen,
bist nicht zu erörtern.
Du hast ein Recht auf Fehlermachen,
du darfst dich auch verändern.
Du darfst auch andere Menschen umarmen,
egal aus welchen Ländern.

Es ist klar, dass, wenn du Nazi heißt,
du immer einer bleiben wirst,
aber ein Name ist ein Name,
ist nicht dein Problem, du Knirps,
oder Genosse oder Patriot oder
wie auch immer du dich gerade nennst.
Das lässt sich doch angehn,
das lässt sich behandeln,
daraufhin wird sich dein Name
in »einfach Mensch« verwandeln.

Und du, du bist nicht deine Brüste,
deine Wimpern und deine Anmut,
du bist auch nicht nur Uterus,
mit dem du uns was antust.
Du hast ein Recht auf gleichen Lohn,
nicht Reduktion auf Chromosome.
Dein Geschlecht ist deine Wahl,
denn kein Mensch ist illegal.

Wenn dich niemand akzeptiert,
dann hilft es nichts, zu ignorieren.
Lass uns einfach Hand in Hand
friedlich demonstriern:
»Wir sind unzufrieden! WIR SIND UNZUFRIEDEN!«
Dein Problem ist faktisch keins,
dein Problem sind andere Meinungen,
doch wie vorhin bereits erwähnt,
sind sie austauschbar wie Kleidung.

Du brauchst keine Armlänge Abstand,
nur weil da jemand einen Penis hat,
du brauchst dich nicht zu rechtfertigen
für das Nicht-Umdenken in der Gesellschaft.

Hallo, ich bin Sven und ich habe ein Problem.
Und zwar damit, wie wir mit anderen Menschen umgehen.

Wir pathologisieren,
machen Menschen zu Problemen,
Problemkinder, Problemfälle,
bis sie sich als solche sehen.
Was sie sind und dann sein werden
ist selbsterfüllend prophezeit,
für all die Kevins und Jacquelines
und all die Muhammeds zugleich.

Lasst uns unsere Hintern aus der Vergangenheit holen und den Staub aus ihnen rausklopfen (weil das ziemlich sexy ist).

Ich weiß, es gibt bessere Wege, um mit Problemen umzugehen, als nichts zu tun und ständig nur drüber zu reden, aber am Ende bleibt mir eigentlich nicht sehr viel mehr zu sagen als:

Schön, immerhin mal drüber geredet zu haben.

Hallo, ich bin Sven und ich habe ein Problem –
aber ich bin keins.

Sven: »Ich wollte immer ein Gedicht im Stil der Romantik-Epoche schreiben, allerdings ohne dabei Liebe zu thematisieren . Wer alle Stilmittel findet und sie der eigenen Lieblingsdeutschlehrperson zeigt, bekommt von mir eine Umarmung. Ich danke meiner Deutschlehrerin und Futurama für die Inspiration zu diesem Text.«

# Schlafen

Meine Augenlider liegen aufeinander
in sanft verschlossenem Verschluss:
so komme ich zu der Erkenntnis,
dass heute auch mal enden muss.

Ich liege im kuscheligen-wuscheligen Bett
und knuddel das knuddelige-schubbelige Kissen,
In wohnlicher Schon-mich- und throniger Liegelage
werd ich acht Stunden lang den Tag nicht vermissen.
Oder neun ... Oder zehn.
Oder ich penn einfach bis vierzehn Uhr,
dann muss ich auch gar nicht mehr frühstücken geh'n.

Und, ach! Die Nacht umnachtet mich
un-wach, unachtsam, schlummerig,
auf dass in kühnen, kühlen Träumen
die Realität auseinanderbricht.

Verklärte Nacht ist auch im Traum
so wirr, wie man sie nimmt,
so stößt mein Hirn Gedanken frei
und jede Lüge stimmt.

Jede Vision, jeder Gedanke,
jedes Wort hat seinen Wert;
Doch nichts ist wirklich negativ,
denn hier ist nichts verkehrt.

In meinem Traum sind an Zugfensterscheiben
Tropfen im Fahrtwind, die Spermien gleichen.
Regennasser, feuchter Film
zieht sich über kaltgebeizte
Zugwaggons, die klacker-klickend
über kalte Gleise gleiten.

Von Paris nach Castrop-Rauxel
wird gereist im Güterzug,
wir stoßen in 'nen Tunnel ein,
doch ist er noch nicht breit genug.

Die Fahrtwindtropfen legieren zu Gleitgel
und eine Stimme aus dem Off:
»*Durex Power Gleitgel*
*hat noch jedes Loch gestopft*!«

Und, Shit! Die Nacht vergiftet mich
unmündig, müllig, abgewetzt,
auf dass die schleichende-weichende Werbung
die Realität ersetzt.

Verklärte Nacht ist auch im Traum
so wirr, wie man sie nimmt,
so stößt mein Hirn Gedanken frei
und jede Lüge stimmt.

Jede Vision, jeder Gedanke,
jedes Wort hat seinen Preis;
*»Jetzt in Träumen Werbung schalten,*
*für ihren Zielgruppenkreis!«*

»SIe schalten Werbung in meinen Träumen,
gestern schon die ganze Nacht!
Welches kranke Bastardschwein hat
sich denn sowas ausgedacht?«

Auf dass die Nacht nach Westen wandert
und Mondschein durch die Sonne sterbe.
Ein kaltes Erwachen auf der Erde
und keiner hier versteht:
Denn traurigerweise liest ja keiner
die neuen Facebook-AGB.

Unter Informationen zu Datenschutzrechten,
Unterpunkt »Facebook-Werbeanzeigen«,
Führt ein blauer Hyperlink
zu den schlechten Neuigkeiten:

*»Personalisierte Werbung ist nun nicht mehr nur*
*unten rechts am Bildschirmrand,*
*seit der neusten Aktualisierung*
*nun auch in ihrem Verstand.«*

Ein Aufschrei geht durch alle Kanäle
und die westliche Welt wacht auf.
Und während ich Werbeanzeigen aufzähle,
die mir in den Kopf aufgetaucht
sind, sind andere bei Durex shoppen,
Umsatzplus ist maximiert,
kein Güter-, sondern Schlafent-Zug,
die Menschen mental massakriert.
Ein Hashtag wird etabliert:

Müde Protestanten twittern
»*Ich will weiterschlafen!*
#AugenAuf, ab auf Blockaden,
wir sind keine W-LAN-Sklaven!«

»*Tumulte um den Zuckerberg*« und
»*Augen zu und durch*«
betiteln Zeitungen und
»Die Regierung solle Facebook ruhig verbieten.«
»Das ist ja so, als würde man uns
unsere Daten vorratsspeichern,
sodass sich daran Firmen
wie die U.S.A. bereichern!«

Es gibt Anti-Hipster, die sich auf Koffeintabletten setzen,
und Konsumkritiker, die gegens Internet hetzen.
Aber die größte Fraktion ist einfach müde,
will schlafen, was soll's, denen ist das egal.
»Dat ist nur 'ne Hetzpressenlüge
wie Vogelgrippe und die NSAy.«
Steht Wasser lang, wird es halt schal.

Schlafwandelnd verzieht sich die gesamte Nation
und die letzten Leute fallen von den Barrikaden,
skandieren dabei: »ICH WILL GAR KEINE REVOLUTION,
ICH WILL DOCH EINFACH NUR SCHLAFEN!«
Und wir schauen Werbung in unseren Köpfen,
und scrollen auf Facebook, sind Bürger, die Braven.

Meine Augenlider liegen aufeinander
in manisch übermüdeter Manier.
So komme ich zu der Erkenntnis,
dass ich nach dem Ende dieses Tages gier.

Ich akzeptier das blaue F,
die blaue Blume, den hellen Tag,
doch sehn ich mich nach Rast und Ruhe,
ich bin nicht wach, ich suche Schlaf.
Sollen sie halt Werbung schalten,
was kümmert das denn mich.
»Ich allein kann eh nichts ändern«
steht mir im Gesicht.

In Lethargie bettets sich gut,
und weltmüde wird man leicht,
weil die Energie nun mal
für Proteste nicht mehr reicht.

Und Daunenkissen,
auf denen Verdrossenheit steht,
sind halt XXL-weich.
und Veränderung ist uns gleich
-gültig, solang sie nur langsam genug passiert,
solang auch keiner rasant reagiert,
solange bis dann jede Lüge stimmt,
so lange, bis man uns unsere Träume nimmt.

Realität ist das,
was wir aus ihr machen.
Und sie bleibt nun mal träge,
wenn wir ständig schlafen.

Sven: »Alternativer Titel: Der Refrain des Hits von Lana del Rey. Zweiter alternativer Titel: Vielleicht sind wir gar nicht beim Poetry Slam, sondern Manuel Neuer.
Geschrieben für den Nerdslam in Wuppertal, dort aber nie vorgetragen, weil ich zu früh rausflog.«

# Video Games

Meine Familie war ziemlich anstrengend.

Der Jüngste hatte wieder mal seine Hausaufgaben nicht erledigt, obwohl ich es ihm bestimmt drei Mal aufgetragen hatte. Stattdessen stand er, als er nach Hause kam, zwei Stunden lang in der Gegend rum und hat nichts getan. NICHTS. Er stand nur da. Gut, vor ihm lag ja auch ein Teller, er konnte sich schlecht wegbewegen. Jedenfalls, die Mutter hatte nur Augen für ihre sozialen Kontakte und musste ihr ganzes Adressbuch einmal abtelefonieren und das Baby schrie die ganze Zeit rum. Als dann auch noch die Dusche kaputt ging, war mir das alles zu doof. Ich brachte das Baby in den Keller, wo es niemanden stören konnte, habe die Tür abgeschlossen und verkauft. Als dann die Frau vom Jugendamt vorbeischaute, kam sie nicht rein und ist vor dem Kellereingang verhungert, nachdem sie sich dreimal eingepinkelt hatte.

*Die Sims* ist ein wunderbarer Lebenssimulator. Realismus trifft auf morbide Gelüste, denen man per Katharsis freien Lauf lassen darf. Katharsis ist so ein wunderschönes Wort. Katharsis. Das absolute Anti-Killerspiele-Wort.

Es heißt so viel wie:

*Das Ausleben innerer Konflikte und verdrängter Emotionen zu Gunsten einer Reduktion jener Konflikte und Verarbeitung von Gefühlen.*

Das ist, wie einen Sandsack zu schlagen. Oder die Leiter vom Swimmingpool zu entfernen, woraufhin man eben jenen einmauert. Besser dafür als jeder Egoshooter: *Die Sims*. Lebensnah, echt, leistungsstark.

Mein Lieblingszitat aus dieser Reihe:

*»Su su mo sa. Aka lu nona lala bu blashimi? A, skinabi plash.«*

Leben ist generell eine ziemlich seltsame Sache.

Wir verstehen Dinge, und wenn wir sie nicht verstehen, übersetzen oder ignorieren wir Dinge.

Wir erfinden Dinge, schreiben Dinge, kaufen Dinge, lernen Dinge, sammeln Dinge – Dinge bestimmen so ziemlich alles, was wir tun. Wir lieben Dinge, hassen Dinge, essen Dinge, regen uns über Dinge auf, gehen Dingen nach, gehen mit Dingen auf ein romantisches Tète-á-Tète aus, bis es irgendwann Ding macht. Dings, hier, weißt schon, was ich sagen wollte – Dinge sind Leerzeichen, sind Satzteilchen, alles besteht aus Dingen.

Manchmal möchte ich keine Familien gründen, oder viel eher züchten, sondern ganz allein sein, als Mensch.

Kein Leistungsdruck, keine Individualitätsansprüche, keine multiplen Gesellschaftskonventionen im pluralistischen Angebot der Lebensgestaltungsperspektiven und konsekutiven Auswahlmöglichkeiten in distributiver Hinsicht der jeweiligen Spezialgebiete und keiner hält mich für zu dick oder denkt, mein Wortschatz sei zu hochtrabend. Stattdessen einfach im Gras liegen, atmen, Dinge wären mir egal und ich könnte in einem Königreich aus Zucker rumhängen, adventure time, come on, grab your friends!

Und mein bester Freund wäre ein Hund und alles wäre prima in dieser *Robby Bubble*-Welt, wo niemand miteinander Kriege, sondern allerhöchstens Händchen hält, wo Frühaufstehen Freude macht, weil niemand einen müde quatscht und keiner meiner Weggefährten sich irrt und blöde Fehler macht.

Denn ich wäre der letzte Mensch. Auf der Erde. In einer Uto-Dysto-3,14-Pi. Der Allerallerletzte. Alle anderen wären in einem Pool ertrunken. Oder verbrannt. Oder Dingen begegnet, die sie haben verhungern lassen, Dinge, die verdursten lassen, Dinge, die vergiften. Dinge können ziemlich schnell Leben beenden, ein scharfes Ding kann dir den Kopf abhacken, ein hartes Ding den Kopf eindrücken, ein *Dingdangdiggidiggidong, Quatsch mit Soße sing ich, wenn ich tanze* den Kopf explodieren lassen. Dinge sind gefährlich. Man sollte sich von Dingen fernhalten, soviel man kann. Denn wer will schon Dinge haben, wenn er bessere Dinge haben kann!

Katharsis: *Das Ausleben innerer Konflikte und verdrängter Emotionen führt zu einer Reduktion dieser Konflikte und Verarbeitung von Gefühlen. Innere Konflikte.*

In der Pokémonwelt herrscht nicht das darwinistische Evolutionsprinzip, sondern das von Lamarck.

Zur Erklärung: Optimierung der eigenen Verhältnisse durch Nutzung bestimmter Fertigkeiten und die Weitergabe eben jener an die nächste Generation.

By the way: Jedes Pokémon, egal welcher Stammgruppe es zuzuordnen wäre, legt im Übrigen Eier. Ein Feuerigel? Eier! Ein Schleimklumpen? Eier! Sechs Eier? Eier!

Ein Pokémon erlernt eine sogenannte Ei-Attacke von einem interspezieären Vater, d. h. einem, deren Gattung es nicht zugehörig ist. Beispiel: Ein Tauboss und ein Panzaeron machen sweet, sweet love. Panzaeron Papa, Tauboss Mama, Kind aus dem Ei wird ein Taubsi mit STAHLFLÜGEL UND HITZEWELLE. Man kann verschiedene Pokémon sich miteinander paaren lassen, indem man alte Leute auf sie aufpassen lässt, die einem dann sagen: »Ich weiß nicht, wie das passiert ist, aber plötzlich war es da!«

Die hatten Sex, verdammte Hacke! Das Kind nimmt das Wesen der Mutter an, wenn sie dabei einen »Ewigstein« trägt. Ewigstein, ewig mein, ewig unterbunden sein, schon im Ei formen wir dich, wie die Genetik gepellt ausbricht.

Vom Inzest bei Pokémon will ich erst gar nicht anfangen und elitäres Denken, wo einer mehr wert ist als der andere, aufgrund seiner Fähigkeiten und seiner Persönlichkeit, die vorher zusammengedeichselt wurden, ist schon ein kritischer Treffer in die Magengrube.

Dinge machen einen traurig und Dinge lassen einen schlecht einschlafen. Andere Dinge lassen einen besser einschlafen, Dinge haben Nebenwirkungen, Dinge haben Folgen, Dinge können führen, Dinge können verleiten, Dinge können sich verleiten, Dinge können sich verleihen, Dinge können sich aufgeben, Dinge können Aufgaben stellen, Dinge können geben, können nehmen und nähen, und flicken und heilen, und stricken und verweilen, verdicken, versacken, versalzen, verkacken, einstanzen, verlallen, verlassen, verregnen, versacken, verpuffen, verlieren, verleben.

Um Dinge zu tun, braucht es nicht viel, aber zum Leben braucht man nur ein Ziel, ein Spiel, einen Weg, ein Happy-End, Fantasie, ein Extra-Life, einen Ausweg, den sonst keiner kennt: Frustabbau in bit und byte, what a time to be alive!

Game on, spielt weiter, und als Letztes möchte ich das Internet zitieren:

»Ich habe nicht ein Leben, ich habe viele.«

# Wärst du eine Frucht

Wärst du eine *Frucht*,
du trügst nur Fruktose in dir.
Und wärst du eine *Sucht*,
ich käme niemals los von hier.
Wärest du ein *Ort*,
du wärst zugleich Amphetamin.
Und wärst du allenfalls mein *Hort*,
glaub mir, ich beschützte ihn.

Wärst du eine Frucht.
Eine Frucht so wie die Äpfel oder die Birnen
oder die Tomaten, die hinten in meinem Garten
unter den Gestirnen heranreifen.
Viele Verschiedene,
die alle gleich und zugleich,
so wie sie verschieden,
auch anders sind.

Tag und Nacht,
unter Regen und Willen,
zu wachsen und zu reifen,
im Lauten und im Stillen,
auf ihren eigenen Wegen nach oben,
mit Wagnis und Wacht.

Und der Wille, die Wagnis,
alles was du träumst und willst,
wirst du erreichen:
Wenn du nur wächst und reifst
und blühst und gedeihst
nach oben, nach oben,
stets nach oben so weit.

Ich steh an deiner Seite,
denn ich hab dich gesät,
habe andere Gärten
in der Ferne erspäht,
wo Gärtner ihrer Pflanzen
Keime Obhut schenken
und mit besten Absichten
ihre Ranken lenken.

Wo Unkraut gejätet wird,
soll'n Gedanken sprießen,
Vitamintablettenwasser
soll zu euch fließen.

So stelle ich mir die Aufzucht vor,
so wär' es schön.
Der Weg ist weit,
doch du rankst alsbald hoch empor,
Ach, was erzähl ich da
– viel zu schnell vergeht die Zeit.

Wärst du eine Sucht.
Alkoholismus, Satyrnismus, Eleutheromanie:
So viel wie mit dir fühlte ich noch nie.
Morphin-, Sport- und Lesesucht,
du bist klasse, bist 'ne Wucht.

Selbstverletzendes Verhalten,
ich will mit dir die Welt gestalten.
Essstörung, Shopaholic, Fall für die Klinik,
du bist das Herz, ich bin das Pik.

Bube, Dame, König, Ass,
Spielsucht gepaart mit Menschenhass.
Witzelsucht und Ironie, mein Herz, mein Leben!,
mein Kopf sieht, wie du meine Augen so bezauberst,
ohne Sekt und ohne Selters,
wir tun uns gut, wir tun uns schlecht.
Wir tun uns eher schlecht als Recht?

Dabei fing alles doch so gut an,
nahmst du mich zu deinem Mann.
Wir taten unsere Schluchten auf,
wir nahmen sie von uns in Kauf.

Wir brachten unsere Spritzen heim
und wollten auch kein »dein« und »mein«,
wir wollten gleich die Symbiose,
aus dem Stoff wurde Dextrose,
aus der Sucht wurde der Eifer,
wir wuchsen rasch und wurden reifer.

Ernährungsplan und Sportvermeiden,
wir wollten auch nicht zu viel leiden,
denn DU warst der Mensch,
der mich stark fühlen ließ,
der mich fühlen ließ,
der mich ließ,
der mich,
den, den du,
den du sich ließt,
den du sich fühlen ließt,
den du sich stark fühlen ließt,
der ließ dich nicht ganz einfach so los.

Doch aus dem Eifer wurde Sucht,
aus meiner Schlucht ganz schnell die Bucht,
gefüllt mit Tränen, Schweiß und Blut,
wir taten uns wohl doch nicht gut.

Und deine Schlucht, ach, was weiß ich,
die machte wohl von Anfang dicht.
Gab's den Abgrund überhaupt
oder hast du darauf gebaut,
dass ich auf deine Sucht vertrau?
Münchhausen, werd' ich je draus schlau?

Wärest du ein Ort.
Packen wir die Koffer und nehmen wir uns mit,
was wir brauchen.
Nehmen wir mit, was wir wollen,
überhaupt stopfen wir einfach alles rein, was reinpasst
Was nicht passt, wird passend gebrochen,
und was nicht will, das wird zerstochen
und dann leblos in unseren kleinen Koffer gequetscht.

Stell dir vor, wohin wir alles reisen könnten!
Na, muss das denn sein?
Ich möchte doch nur die Welt sehen!
Schreite voran oder bleib' halt stehen

Doch bleibst du stehen, dann bist du gleich prüde,
von Hörnern abstoßen werd' ich doch nicht müde!
Je mehr Betten man sieht, je mehr man weiß,
desto mehr hat man zu erzählen als Greis,
desto mehr wollen einen die Leute umgarnen,
sie stechen sich gegenseitig aus,
um sich den Weg zu dir zu bahnen.

Wie sieht denn deins aus, ich frag ganz kokett,
na deins, das Nationalitätenkabinett?
Wo bist du gewesen, was hast du gesehen,
was kannst du beweisen,
willst du mit mir gehen, willst du
– willst du mit mir gehen?

Oder willst du weitergehen?

Und wärst du allenfalls mein Hort.
Ein Hort ist eine Heimat,
ein Ort, zu dem man nicht »Nein« sagt,
ein Platz auf der Welt, zu dem man zurückkehrt,
wenn einem alles andere,
ach, keine Ahnung, verkehrt erscheint?

Wie kann ich denn bitteschön ehrlich,
authentisch und aufrichtig erwarten,
einen Menschen zu treffen,
der mit mir einen Garten
bestellen, pflegen und pflügen will?

Äpfel, Birnen, Tomaten,
allesamt hinten im Garten mit mir in Zucht gibt,
einen Menschen, der mir meine Sucht vergibt,
der mir meine Suche vergibt,
der mir keine Suche aufträgt,
sondern mir ein Ziel schenkt?

Einen Menschen,
der nicht die Welt zu Füßen gelegt bekommen will,
sondern lediglich mich in seine Arme?

Und jetzt noch einmal im Klartext:
Mit wem kann ich denn Kinder aufziehen,
hinten in meinem Garten,
und sie beim Spielen beobachten?
Wer akzeptiert meine Fehler und Fehltritte
und hilft mir, mit ihnen klarzukommen?

Wer reist mit mir um die Welt
und wem ist es egal,
mit wem ich das schon vorher alles versucht habe?
Und wie wird man der Mensch,
der im Stande ist, jemand anderem all dies zu geben?

Das zu wissen, hat zum Glück noch Zeit,
bin doch selbst noch eine Frucht,
brauche doch noch keine Flucht in die Sucht,
und reisen tu ich jeden Tag.
Ich reflektiere nur zu selten,
und irgendwann dürfen Keime
in meines Gartens Obhut gelten.

Also, lasst uns Früchte sein, solange wir noch können.
Denn wenn ich erst einmal Wurzeln geschlagen habe,
möchte ich es um nichts auf der Welt bereuen.

Sven: »Dieser Text stammt aus einer Zeit, in der ich meinen Texten aus avantgardistischen Gründen keine Überschriften geben wollte. Ich nannte sie Poetryslamgedöns und versah sie mit der passenden Nummer. Dieser hier bekam als erstes einen richtigen Titel. Ich wurde im Laufe der Zeit besser darin.«

# Geschichte schreiben, Teil I

Eine Vase fallen lassen,
nach tausend Scherben wird man weinen.
Katze, Imperativ »Fassen!«,
landet stets doch auf den Beinen.

Einen Bogen überspannen,
sodass er gleich schon bricht entzwei,
oder Bögen überspannen,
mit Regen, Sonne, allerlei.

Ich dreh die Zeit zurück,
ich dreh Gewinde, Mühlenräder,
dreh sie, ach!, so weit zurück,
verschwinden tun die Grenzen der
Naturgesetze, Zeit, Physik,
ich schreibe die Geschichte um.
Nibelungenschätze, Alte Lyrik,
so berate ich mich drum.

Ich habe alte Tagebücher von mir gelesen,
habe immer wieder mit dem Schreiben angefangen,
verewigt ist auch dort mein Wesen,
doch sind mir dort die Ideen ausgegangen,
was ich denn schreib auf 17 Seiten,
für mich, für meine Kinder und für die danach,
dann fällt der Stift mir aus der Hand.

Bin ich denn kein Aschenbach,
kein Aristoteles und Platen?
Was ich mit meinem Leben mach?
Nehm ich mir doch gleich den Spaten,
schaufle mir mein eigen Grab,
sollt ich denn jemals Schriftsteller werden?

Ich lese Green, Kling, Adams, LeLord,
ich fühl mich gebildet wie niemals zuvor,
doch selbst publizieren, nein,
das könnte ich nicht,
hat meine Wortwahl denn überhaupt Gewicht?

Allein mein Nachname ist schon vorbehalten,
erinnert er mich an Märchengestalten,
die naiv nach Zucker trächten,
von Eltern verstoßen und nicht den rechten
Weg einschlagen, Sklaverei, Sexismus,
Völlerei und Kindesmissbrauch,
Hexerei und Mordgedanken,
bis sie in den Ofen wanken.

Nein, »Hensel« ziert niemals ’n Einband,
kein Cover und auch keinen Roman,
er fährt mit 80 gegen die Wand,
Kadaver haben keinen Plan,
kein Lebensziel, denn es ist aus,
keine Träume, denn sie sind raus
aus dem Leben, Schwimmen im Styx,
Fliegen im Himmel, daraus wurde leider nichts.

Worte aneinanderreihen,
mit unreinen und reinen Reimen,
dafür braucht es kein Talent.

Doch,
sodass man sie als eines kennt,
könnte ich im Plagiat
meine Texte kombinieren
mit welchen von der hohen Art.

Mit den Künstlern kalibrieren,
die Stilmittel verschmelzen lassen,
den Lebenssaft lass ich legieren und
ich werde alles anpassen.

Die Worte von so großen Autoren
sind so gesehen doch auch nur Worte,
sie selbst sind die Motoren,
die die Worte zur Eskorte
in die Gedanken der Menschen legten,
allesamt die Pläne hegten, als Pioniere – ungelogen –
den Menschen mit Sprache zu beschenken.

Instinkt-Tiere gibt's Millionen,
doch große Denkerzahlen senken sich
stetig auf den Abgrund zu,
die wenigen Alten, die kommen zur Ruh'.

Ihr Erbe stets von uns ein Teil, in den Büchern ewig,
weil Papier ist geduldig und Tinte ist es auch,
die Einsen und Nullen sind ein kultiger Brauch,
die konvertieren die Informationen
für alle folgenden Generationen,
abgetippt und eingescannt,
sodass man sie als eines kennt,
die Kunst und die Kultur.

Sie sind nicht in sich selbst getrennt,
spüren täte man sie nur
gemeinsam und stimmig in ihrem Komplex,
der Ferne, der Nähe, vielleicht im Gewächs.
Doch gibt es all die Werke schon,
von Goethe, Schiller, Watzlawick.
Zum Glück kenne ich Doc Emmet Brown,
der hat 'nen ganz geriss'nen Trick.

Also recherchiere ich nach den Autoren,
merke mir die Daten und gebe sie ein:
Ort und Zeit oder auch Datum und Adresse.
Ich mag vielleicht kein Schiller sein,
ich wage keinen Klassenkampf,
doch seine Texte existieren.

Ich mag zwar auch kein Goethe sein,
keine Seelen in der Brust,
doch seine Texte existieren.
Ich bin auch gar kein Watzlawick
und hab keine Ahnung von Kommunikation,
doch seine Texte existieren.
An mir liegt's nun, sie zu kopieren.

Drum stehl ich den DeLorean und, Flux!,
wird alles kompensiert,
wozu ich nicht in der Lage war,
schnell alles akkumuliert,
was Gedanken vorantriebe,
das Geld bekäme ich in bar.

Der Ruhm, der Reichtum und die Liebe
aller Menschen werden mein,
so wird es dann gewesen sein,
wenn ich die Werke aller Dichter,
der lebenden sowie der toten,
ausgäbe als die meinen,
bevor sie überhaupt geboren,
die zündenden Ideen oder
sprüh'nden Emotionen,
keinen ließ ich unverschont.

Ich konvertiere ihre Werke,
philosophiere ihre Stärke
jahrelang doch schon.
All das werde mein.

Hm.
Der Eingriff in die Zeitgeschichte
der kausalen Existenz
nimmt Autoren der Gedichte
ihre ganze Prominenz.

Nicht nur ein Schicksal wird neu geschrieben,
ganze Chroniken werden vertrieben
aus der Materie des Seins und
nichts mehr ist gewesen.

Denn wenn ich stehl und mache »meins«, aus
»und bin so klug als wie zuvor« oder
»es war die Nachtigall und nicht die Lerche«,
die Tauben nur schenkten mir ihr Ohr,
indem ich all zusammenpferchte,
was die einst so großen Männer und Frauen
alle gleichsam dichteten,
so erkennt es schon der Kenner,
konnt' mein Selbst die Aufgabe verrichten,
sodass das Werk aus Vergangenheit
dort gar nicht existierte,
was dann in der Gegenwart alsgleich implizierte,
dass ich es auch niemals stehlen,
würde es ganz einfach fehlen.

In Wahnesgier und Eitelkeit
reise ich stets doch zurück
in die Romantik, den Barock,
stehl' Biedermeier jedes Stück.

Aus jeder Feder dieser Erde
stehl ich jed' antikes Teil,
jeden Schock und Ungeheuer,
das geschlachtet mit dem Beil
der Kritik der Zeitgenossen,
diese Macht gehört nun mir,
hab den Werdegang erschlossen,
stillt er doch des Wohlstands Gier.

Alle Flüche der Menschheit,
alles Schlechte scheint dank mir von gestern,
doch Gestern existiert nicht mehr.

Die Vase, die läuft längst schon weiter;
Die Katzenscherben aufgefogen.
Grammatik wurd' neu definiert,
alles erstunken und erlogen.

Bögen sind nicht für Klausuren,
sind lediglich zum Schießen da,
doch blicket man dann auf die Uhren,
so ist die Stunde 13 nah.

Ich habe sie wohl umgeschrieben,
Geschichtsverlauf neu definiert,
die Regensonnenwetterbögen
werden nun neu deklariert,
statt abgeklärt romantisiert,
jetzt reflektiert und aufgecleart,
Naturgesetze, Zeit, Physik,
die schrieb ich ganz alleine um.

Jetzt gibt es keine Schätze mehr zu entdecken
und keine Lyrik, eigentlich ist's schade drum.
Das leider einzig verbliebene Schriftstück
im Raum-Zeit-Kontinuum
ist eine Moral:
Bitte macht das nicht nochmal.

# Für Thunfisch / For Tuna / Glück

Drei Fragen, die plagen meinen Kopf.
Seit Tagen nur Fragen im Kopf
und Antworten wüsste ich alle sehr gerne.
Und schau ich dann wieder mal doch in die Ferne,
so seh ich da hinten ja leider nur Herne (mh).
Und mein Fragenloch wird nicht gestopft.

Was ist Glück,
was macht uns glücklich?
Und hat nicht eigentlich jeder
ein kleines bisschen Glück verdient?
Also gehe ich raus und suche nach den Antworten.

**1. Was ist Glück?**

Ist es die Pumpe in unseren Brüsten
oder der Rhythmus auf unseren Wegen,
ist es nötig, dafür aufzurüsten,
oder kann man auch ohne gut leben?

Sind es Kiesel auf trampelnden Pfaden,
die springendes Wasser erquicken,
oder doch die prismatischen Farben,
die Nordlichter säuberlich stricken?

Der Drang, mit allem zu ficken?
Oder Treue und Liebe sich schwören,
Unabhängigkeit zelebrieren
oder doch mal auf Eltern zu hören?

Macht es winzige Preise auf Pommes
und frittiert sie so goldgelben an?
Macht es Smoothies aus leckersten Früchten,
von denen man nicht zunehmen kann?

Heißt Glück, optimistisch zu bleiben
und zu schreien »Nie wieder rasieren!«?
Und statt Wochen und Tage zu weinen,
über Verflossene sich zu amüsieren?

Gibt es Glück auch in Demokratien
und man hofft auf steigende Finanzen?
Von Ministern wird Glück dann verliehen
und auf Demos darf man nur noch tanzen.

Gibt es Glück denn auch in Anarchie,
wo wir keine Gesetze mehr brauchen?
Denn Gesetze, die brauchten wir nie,
wo sie unser Glück doch nur stauchten.

Gibt es Glück denn auch im Kommunismus,
wo klarr ist, dass jederr gerrn teilt?!
*hust*, 'tschuldigung, falsche Staatsform.
Wo niemand gern teilt, weil er muss,
sondern Menschen von Tränen schnell heilt.

Sind es denn die einfachen Dinge
oder ist man vom Gelde entzückt?
Was können solche Fragen denn schon bringen,
erzählt mir die Wahrheit vom Glück!

**2. Wann sind wir am glücklichsten?**

Bebt mein Herz wie ein Tornado,
schlackern alle meine Glieder,
arbeitet das Lachgetriebe,
fühl mich heiß, als hätt ich Fieber.

Achterbahnenloopingtempo,
ruhige Stille am Kamin,
Sektglasplatten mit Dress-Code
und Öl, Sprit, Feuer, Kerosin.

Lieben ohne Grenzen kennen
oder hassen wie die Pest.
Integriert in die Gesellschaft,
anders als der ganze Rest.

Alleine bücherwälzend atmen,
Staub pulsiert im Kerzenlicht.
Draußen in der Sonne baden,
Sonne scheint in dein Gesicht.

Geschichten kennen, selbst erleben,
anderen davon berichten.
Tagebücher führen, geben,
voll bis oben mit Gedichten.

Sinn ergeben – oder machen?
Einerlei mit Freunden ist's.
Familie finden, lieben, lachen,
bis du drin verloren bist

Einstehen für woran du glaubst
und Meinung bilden, wählen gehen,
protestieren mit der Faust
und lächelnd-krank im Regen stehen.

Zuckerwattestiele beißen,
Schießbudenpreise gewinnen:
»Wie soll dein neues Stofftier heißen?«
Zwanglos in den Stausee springen.

Wolkenformen interpretieren,
Blumenblütenkronen basteln,
sich für Fehler nicht genieren,
Pommes aus Teil 1 verspachteln.

Sind wir glücklich im Konsum,
kriegen wir gerne Geschenke?
Bunte Farben, Regeln brechen,
wenn ich doch an And're denke?

Nostalgie und Explosionen,
Feuerwerke, Kind zu sein?
Sehen und gesehen werden,
guter Whiskey, guter Wein.

Musik aus allen Ecken preschen,
hohe Lebensqualität!
Zwanglos einfach loszudreschen,
pogen wir von früh bis spät.

Ist es Fülle solcher Dinge
oder alles Stück für Stück?
Was bringen mir denn solche Fragen,
ohne Antwort auf das Glück?

**3. Hat nicht jeder ein bisschen Glück verdient?**
Scheiße, ja! Und wisst ihr was? Ich sorg ab jetzt dafür.

Ich trampe durch die Welt mit dem Rucksack
und mach den Rucksack mit Glück rappelvoll.
Das Glück, das bekommt ab jetzt jeder,
– das Maß misst unendlich Zoll:

Die Julia kriegt 'nen Vorratslager
für das ganze Dopamin.
Die Weichenstellerkurblerfrau
von mir 'nen Urlaub, drüben in Wien.

Angela Merkel kriegt von mir
zwei Klammern für den Mund
und das Kind von nebenan
nicht Nintendogs, sondern 'nen echten Hund!

Meine Mama einen Anruf
oder zwei, oder überhaupt mal einen pro Woche mehr.
Mario Barth schenk ich 'ne Freundin
und 'n besseren Humor.

Die Synagogen, Kirchen, Moscheen
und Tempel kriegen Denkmalschutz
und alle Farben dieser Erde
einen Platz im Regenbogen.

Weißes Privileg ersetze ich durch Gleichheit aller Menschen
und Feminismus ersetze ich durch Gleichheit aller Menschen
und Hetero- und Cis-Sexismus oder Homo- und Trans*Phobie
ersetze ich durch bedingungslose Liebe und die Gehirne aller
Nazis und AfD-Wähler kriegen von mir 'nen bisschen Friede!

Alle unterdrückten Kinder in aller Länder Kriegsgebieten bekommen von mir einen Platz zu wohnen, genug zu essen und ein bisschen Glück.

Und alle Sklaven, Zwangsarbeiter, die es heute auch noch gibt, kriegen von mir faire Verträge, genug zu essen, um ihre Familien zu ernähren, und ein bisschen Glück!

Und alle Menschen dieser Welt, egal ob schwarz, weiß, dick, dünn, groß, klein, blond, brünett, gefärbt, natur, privilegiert oder nicht, mann frau trans non-binär hetero schwul lesbisch bi pan inter queer a oder a-gray, alle verdammten Menschen auf dieser großen, weiten, verdammten Welt kriegen von mir ein bisschen Glück!

Nur leider reicht mein Rucksack nicht von hier bis in die Welt. Weshalb's 'ne neue Antwort gibt auf jede dieser drei Fragen, die sich mir stellen.

Und das hab ich gefunden:

Glück ist keine konstante Linie,
es hat seine Höhen und Tiefen.
Doch soll das Unglück nicht Glück
oder Möglichkeiten dir vermiesen,
lasst es uns doch einfach genießen.
Glück ist das, was du draus machst,
und egal, wie du es hältst,
es gibt keine drei, keine zwei,
sondern nur eine Antwort aufs Glück.
Und die ist kein vorgehaltener Finger,
sondern: Mach dir dein Glück selbst.

# Letzte Rechtfertigung

hey du,
ich glaube, ich muss mit dir reden, weil
ich glaube, du ignorierst mich jetzt schon länger, und
ich glaube, ich will das nicht,
ich glaube, ich finde das scheiße,
und außerdem glaube ich, dass
ich unsicher bin.

ich weiß nicht,
vielleicht ist das Beispiel jetzt peinlich,
ja, du hast es eilig und eigentlich eignet sich
Reden zum Klären von jeden Querelen,
aber das Modale jetzt mal beiseite.
hier kommt mein Monolog,
mit was ich meine,
was ich bin.

ich bin
die Hinterkopfgedanken
des Rebells, der pubertiert.
ich bin die Neugierde und Angst
in ein Gefühl reinkomprimiert.

ich bin der Puls, der durch die Schläfen
jedes Elternteiles flackert,
ich bin das Wort unter der Zunge,
das sich an sie klammert und klammert und klammert,
klammert und klammert und klammert,
klammert und klammert und klammert,
klammert und klammert und klammert
und nicht rauswill.

ich war auch still,
doch ich nehme die Pflicht, zu schweigen,
weil ich dir nicht pass, nicht ernst,
und weil ich auch nicht länger leiden kann
und will, mach ich hier Terz.

ich bin ein ausgezeichnet trainierter Würgereflex,
weil ich das Schlucken gelernt hab,
jetzt ist es an der Zeit, zu brechen,
und das nicht, weil ich es gern mach.

ich hier bin kein Hilfeschrei,
kein Zweifeln, ich bin Output,
ich bin gebürstet auf Krawall
und das einfach, weil es raus muss.

was ich bin, ist nicht therapierbar.
ich hab Durst nach etwas Vielfalt,
ich bin satt vom Unsichtbarsein,
das Maß ist voll, ich fordre Klarheit,
trink ruhig aus, mach dich bereit,
denn was ich sag,
klingt für dich sicher nach Blödsinn.

ich glaube, dass ich schön bin.
zumindest möcht ich schön sein,
von head and shoulders,
knees and toes, knees and toes,
so brillant, als wär ich Söhnlein.

denn ein Sohn kann ich nicht sein,
weil ein Mann nunmal nicht schön ist,
vielleicht *handsome*, doch nicht handzahm,
er sagt eigentlich nur Blödes.

aber ich bin kein degenerierter Gendefekt,
ich bin akzentuiertes Menschenrecht,
ich bin kein Fehler in der Matrix,
ich bin farbenfroh wie Batik,
ja doch, wer ich bin, den mag ich,
deshalb steh ich hier und sag ich:

ich bin das schöne Bauchgefühl,
das aufkommt, für gewöhnlich,
wenn ich sag, von Zeit zu Zeiten,
dass mein Bauch ganz einfach schön ist.
mit jeder Fettspalte und Speckfalte,
und jedem einzelnen Härchen.

ich bin nicht wunderbar,
ich bin ein Wunderbärchen!
ich bin ein Knuddelbär,
ich bin der Charminbär,
ich bin Winnie the Top und Christopher Bottom.
ich bin *faboulous* und kann trotzdem rocken.

ich hab 'nen Knick im Handgelenk
und du ein' in der Optik,
du hältst mich für verkehrtherum?
ich halt dich für'nen Stockfisch.

ich bin klobig und grazil,
ich bin top, bottom, versatil,
ist deine Männlichkeit fragil,
antworte ich dir *c'est facil*.

Schönsein ist leicht, drum sage mir,
wann wird einem Mann attestiert,
dass ein Mann ein Mann ist,
Herbert Grönemeyer?

ich bin eine Frage ohne bequeme Antwort.
und obwohl mein Bauch bequem ist,
gelobe ich, es nicht zu sein,
und weiterhin, dass ich mich toll find.

ich glaube, dass ich stolz bin.
zumindest will ich stolz sein dürfen,
auf was ich bin und ich will Frohsinn,
scheiß auf Schämen, ich will Würde.

ich bin Orlando,
ich bin die Stonewall,
ich bin die Christopher Street,
ich bin die Flagge, die keine Nation kennt,
die nur auf Halbmast hängen darf,
die so viel mehr in ihrem Ozon trägt
als Blau und Pink.

jedes schlaue Kind malt mit meinen Farben
das eig'ne Firmament,
doch es verfinstert, wenn
die Brüder, Schwestern und Geschwister
in Russland, Indien, Qatar
nicht existieren dürfen,
weil irgendwelche Leute irgendwelche Bücher
über Liebe gelesen haben und sagten:
»hm. ja, schon, aber nicht ganz.«

ich bin das illegale Blut,
das ich meinen Brüdern nicht schenkenspendengeben darf.
obwohl sie am Verbluten sind,
weil ich unter Generalverdacht stehe.

Ich bin Paragraph 175,
dessen Opfer immer noch als Straftäter gelten,
und statt auf Rehabilitation,
wartet man auf:

»Muss ich mich jetzt wirklich darum kümmern? Haben wir nichts besseres zu tun in unserem Land mit den ganzen Obdachlosen und der Rente und der Steuer, und überhaupt, können die mit ihrem HullalaHulla nicht mal gepflegt wegsterben gehen? Und die sind doch so gepflegt, wie gepflegt die eigentlich immer sind!«

das sind Gründe, warum du schwankst,
doch das ist mein Abschied an die Angst.
ich bin keine Sünde, kein Schimpfwort,
keine Pointe und keine Diagnose.
ich bin Kerzenwachshände, die zu Hunderten
auf einem Fest der Liebe zeremoniell schweigen,
wenn es zu feiern gilt,
mein Leben
ist die Summe aller Schweigeminuten,
das erst dann aufhört,
wenn es keinen Grund mehr zum Schweigen gibt.

einer von uns beiden ist verkehrtrum,
aber wir sind beide richtig,
was ich bin, ist nicht therapierbar,
denn man kann keinen heilen,
der niemals kaputt war,
und so stehe ich vor dir als ein stolzer Mann.

und ich glaube, dass ich laut sein kann.
scheiße, bitte guck mich an,
ich bin der Aufruhr im Verschweigen,
ich bin die Provokation der Monotonen
zur Selbstreflektion und zu Dialogen.

du bist nicht das Problem, mein Freund,
du bist kein Feind, doch bitte kapier,
du bist auch nicht Teil der Lösung,
wenn du jetzt kapitulierst, also:

*Say it loud, say it clear,*
*say it proud and say it queer!*
ich meine, hör mich an und guck dich um,
wie heiß der Brei ist, um den ich rede,
dass du dich nicht outen willst,
bringt uns beide in diese Misère.

schmecke den Stirnrunterlaufangstschweiß,
der uns beide dereinst verband,
und schau mich nicht so ängstlich an,
ich bitte dich, verunsicher mich nicht,
denn ich bin ab jetzt im Widerstand,

ich habe keinen Bock mehr!
auf Zungenklammerworte,
auf Sichversteckensorte,
auf Hinterkopfgedanken,
auf Selbstbeschreibungsschranken, denn

ich bin schön.
ich bin stolz.
ich bin laut.
ich bin mutig.
ich bin gut, wie ich bin,
und ich sehe nicht ein,
warum ich es nicht sein sollte,

sage ich meinem Spiegelbild.

und ich glaube,
ich glaube mir ab heute.

# Danksagung

Hinter dir, liebe Person, die dieses Buch in den Händen hält, liegen nun ziemlich viele Seiten »Ich«. Manches davon fiktional, anderes ähnlich wie in der Wirklichkeit, alles aus meiner Perspektive. Ich schrieb schon früher gerne, aber ohne den PoetrySlam hätte es dieses Buch so nie gegeben, deshalb will ich an dieser Stelle ein Mahalo an meine lieben Leute richten.

Danke Mare, du hast mir diese tolle Bühnenwelt gezeigt.

Danke Henni, Felicitas, Victoria, Miedya, euer Feedback und eure Schultern, vor allem aber eure Freundschaft begleiten mich jeden Tag.

Danke David, Sandra und Sebastian, dass ihr (als, ich möchte schon fast sagen, Vorbilder) so liebe Sätze auf meinen Buchrücken geschrieben habt.

Danke Maike, danke Noah, danke Flo. Ihr glaubt immer an mich, das tut gut.

Danke Neigel, du blöder Inspirationsquell. Florian, danke für deine Worte.

Danke Marc-Oliver Schuster, ohne dich wäre das hier nicht passiert.

Danke Denise für das Lektorat und die schöne Zusammenarbeit, danke Dean und Karsten stellvertretend für alle von Lektora, dass das hier möglich wurde.

Danke Mama, danke Björn. Ihr seid super.

Danke an jeden Backstage, an jede Bühne, an alle Veranstaltenden und Kolleg*innen, die mir vertraut haben, dass ich deren Veranstaltung bereichern kann. Es gibt nichts Wichtigeres als Bühnenerfahrung für sowas, außer noch mehr Bühnenerfahrung, und alleine hätte ich die nicht sammeln können.

Ohne euch alle wäre ich nicht die Person, die ich bin. Ohne euch gäb es dieses »Ich«, dass du, liebe Person, die dieses Buch in den Händen hält, so nicht. Vielleicht hätte ich 'ne Schweißerlehre angefangen. Oder auch nicht, wir werden es nie erfahren; denn zum Glück ist das hier so passiert, wie es passiert ist, und dafür bin ich dankbar.

Bei Lektora erschienen

Annika Blanke

# Neulich war gestern noch heute

In diesem Buch sind nicht nur alle 26 Buchstaben des Alphabets plus Umlaute versteckt, nein, diese wurden auch noch von Annika Blanke zu einer furiosen Mischung angeordnet, die so manche Überraschung beinhaltet: Ein Best of ihrer wortgewaltigen Bühnentexte aus fast zehn Jahren Poetry Slam sowie eine Auswahl an Kurzgeschichten und Kürzesttexten sorgen für Leseerlebnisse zwischen nachdenklich und brüllend komisch. Und ganz nebenbei werden auch einige wichtige Fragen des Lebens beantwortet: Sind Bügeleisen und Onlinedating die Wurzel allen Übels? Wie überlebt man als U2-Fan ein Wochenende auf dem Metalfestival? Und sollte das Glück in „glücklich" wirklich immer auf „ich" enden?

*„Annika ist ein poetischer Sturm ohne Reißleine. Ich atme beim Lesen ihrer Texte weniger als sie selbst beim Vortragen – das ist ein sehr gutes Zeichen. Ein Buch, das nachwirkt."*
(Ninia laGrande)

*„Annika Blanke liebt Literatur, Worte und Sprache. Egal, ob Prosa oder Poesie – es ist eine Liebe, die man in all ihren Texten spürt."*
(Insa Kohler)

ISBN 978-3-95461-061-7
12,00 Euro

www.lektora-verlag.de/shop

Kai Bosch

# Tagträumer
## #kopfchaosundso

Seite für Seite ordnet der wache Tagträumer Kai Bosch sein Herz- und Kopchaos in doppelgereimten Anekdoten und selbstironischer Prosa zu Momentaufnahmen. Herausgekommen ist eine vielschichtige Antwort auf die Frage, was es denn eigentlich bedeutet, heute jung zu sein.

„Die ungetrübte Begeisterung, die Kai für den Moment auf der Bühne, für das Unterhaltenwollen als ein Miteinander ausstrahlt, ist ansteckend. Ist echt."
(Das Lumpenpack)

„Kai Boschs Texte sind so, dass ich sie zwar nicht geschrieben haben wollte, aber gehört und gelesen auf jeden Fall."
(Hazel Brugger)

„Hätte ich in Kais Alter solche Texte geschrieben, müsste ich mir jetzt keine fetzigen Zitate über Kai Bosch ausdenken."
(Marvin Suckut)

ISBN 978-3-95461-059-4
12,00 Euro

www.lektora-verlag.de/shop

Insa Kohler

# Leben auf Spaßflamme

Man darf nicht immer zuhören, wenn die Vernunft sich meldet. Hinter dem „Ab hier nicht weitergehen"-Schild ist es oft am schönsten und wenn die Pflicht ruft, kann man auch mit „Halt die Fresse!" antworten. Diese 35 Geschichten sind ein literarisches Bällebad. Wir tauchen ab in Geschichten über WG-Castings mit Barfußläufern, nehmen teil an Online-Dates und prokrastinieren um die Wette. Es geht um rasierte Barbiepuppen und Wurst, um nackte Theateraufführungen, Performance-Kunst, Körper-Optimierung und das Verstecken-Spielen mit dem Ernst des Lebens.

*„Niemand staunt so schön über unsere Gegenwart wie Insa Kohler, die größte Frau der Berliner Lesebühne!"*
(Lea Streisand, Autorin)

*„Insa Kohlers Geschichten sind so voller Wortwitz, liebenswerter Beobachtungen und hinreißend komischer Begebenheiten, dass ich mir wünsche, in all diesen Geschichten die Annika zu sein!"*
(Annika Blanke, Poetry Slammerin)

*Bei ihrem Text über Lakritz ist mir ein wenig schlecht geworden."*
(Gregor Gysi)

ISBN 978-3-95461-059-4
12,00 Euro

www.lektora-verlag.de/shop

Bei Lektora erschienen

Sebastian 23

## Hinfallen ist wie Anlehnen, nur später

Sebastians Texte sind bunt gemischt wie ein Poetry Slam: mal lustig, mal ernst, mal wild, mal albern, mal nachdenklich. Geschichten, Gedichte, Dialoge und Dinge, die sich jeglicher Einordnung verweigern. Außerdem fördert das Buch mit Hilfe von teils beißender Ironie und radikalem, aber zugleich hintersinnigem Humor viel Kritik an der Gesellschaft zu Tage. Sebastian 23 hat hier seine besten 56 Texte der letzten Jahre versammelt. Im Buch trifft man auf die absurdesten Charakter – zum Beispiel in der Geschichte der drei ungewöhnlichen Männer, die sich offenkundig als Neonazis bezeichnen und bei denen schnell klar wird, dass sie nicht gerade „die hellsten Kerzen auf der Torte“ sind.

„Sebastian 23 spielt mit der Sprache wie ein Finne Scrabble: Er punktet mit jedem Wort.“
*3sat*

„Großartiger Wortakrobat und scharfzüngiger Denker“
*zeit.de*

232 S. / Klappenbroschur
ISBN 978-3-95461-081-5
9,90 Euro

www.lektora.de/shop